Für Kati,
die diese Insel liebt.

Ich danke allen Menschen, die mir bei der Erstellung dieses Buches geholfen haben: Elblotse, Seefahrtswissenschaftler, Mediziner und Journalisten.
Vor allem aber möchte ich den Amrumern danken, besonders Barbara Hitpass-Kossmann und Georg Quedens. Natürlich kennen sie alle die Insel viel besser als ich.
Bedanken möchte ich mich auch bei Lothar Carstensen, dem Leiter der Flensburger Mordkommission. Für ihn gilt das Gleiche in Bezug auf Morde.

Christian Uecker

Die Deutsche Bibliothek – CIP-Einheitsaufnahme
Ein Titeldatensatz für diese Publikation ist bei
Der Deutschen Bibliothek erhältlich

ISBN 3-8048-4466-9

*K*irchen*K*rimi Nr. 9
Titelfoto: Georg Quedens, Norddorf

Druck: Clausen & Bosse, Leck

Christian Uecker

TREIBSAND

Der Nordsee-Krimi

Friedrich Wittig Verlag

Christian Uecker: geb. 1956 in Rostock, 1960 Flucht mit den Eltern nach West-Berlin, aufgewachsen in Neumünster. Seit 1987 Pastor für Klein Wesenberg und Hamberge bei Lübeck. Bisher fünf Kriminalromane:

»Wenn der Tod tanzt« (6. Aufl. 1995, ISBN 3-87503-058-3). Dieser Orgel-Krimi machte Uecker, seinen literarischen Doppelgänger Pastor Falke und den Ort Klein Hasenberg bekannt.

»Wer einmal brennt« (2. Aufl. 1995, ISBN 3-87503-064-8) basiert auf echten Hexenakten. Faszinierend ist die Verbindung von historischen Ereignissen und fiktiver Romanhandlung.

»Gut – Besser – Tot« (1995, ISBN 3-87503-065-6) bietet viel Hintergrundwissen über Deutsche Evangelische Kirchentage. Ein kirchlicher Karrierist wird beim Großereignis ermordet.

»Wer flucht für alle Ewigkeit« (1996, ISBN 3-8048-4436-7) – über die dunkle Seite Gottes. Ein alter Fluch macht sein letztes Opfer zum Mörder und Frank Falke zum hilflosen Zeugen.

Die *»Stille Nacht« (2. Aufl. 2000, ISBN 3-8048-4456-1)* verläuft für den von seiner Familie gehassten Paul Haßloch tödlich still. Und Falke schläft unruhig im Nebenzimmer . . .

DIE GÄSTE

»Von der Nordsee, der Mordsee, vom Festland geschieden,
liegen die friesischen Inseln im Frieden ...«

aus »Rungholt« von Detlef von Liliencron

I.

„Das dürfen Sie nicht!"
Die herbe Stimme übertönte das Gekreische der Möwen. Frank Falke zuckte zusammen, drehte sich um. Eine Möwe stieß hervor, schnappte nach dem Brotstück, das er soeben geworfen hatte, während die anderen mit wütendem Gekreische zur Seite wichen. Der Schwarm formierte sich neu, erwartungsvoll.
„Können Sie nicht lesen?" Der Mann neben ihm deutete auf eine kleine Tafel, die auf der Metallwand gegenüber der Reling angebracht war. „Möwen füttern verboten. Da steht es. Bitte halten Sie sich daran."
„Entschuldigung!" Frank Falke blickte schuldbewusst auf sein Butterbrot, dessen eine Hälfte bereits in den gierigen Schnäbeln der Möwen verschwunden war, begann die Reste des Brotes wieder in das Pergamentpapier zu wickeln. Die Möwen, enttäuscht über das abrupte Ende der Fütterung, suchten sich andere Ziele, segelten elegant über die Fähre. Der Mann würdigte ihn keines Blickes mehr und ging davon.
Falke sah dem Mann nach. Ein Besserwisser, dachte er ärgerlich. In seiner akkuraten Regenjacke, bewaffnet mit Fotoapparat und Hängetasche, war er sicher kein Mitglied der Schiffsbesatzung. Einer, der immer allen Bescheid sagen musste.
Frank Falke steckte das Butterbrot in seine Reisetasche, warf einen letzten Blick auf das blauweiße Verbotsschild, schlenderte die Reling entlang. Hier auf dem Oberdeck waren im Au-

genblick nur wenige Menschen, nur wenige Bänke waren besetzt. Einige Kinder standen an der Reling, schauten in die aufgewirbelten Fluten, die die kräftigen Schiffsschrauben hinterließen, neben den Kindern Väter und Mütter. Am Horizont waren die Halligen zu sehen, aufgereiht wie Perlen auf einer Schnur, glitzernd im Morgenlicht, während der übrige Himmel trüb und wolkenverhangen war.

Frank Falke gesellte sich zu Kindern und Vätern, schaute versonnen in die Fluten. Das von den Schrauben bewegte Wasser hatte etwas Beruhigendes an sich. Und der Blick in die endlose Weite, die weiße Schaumspur der Fähre, die sich in der Ferne verlor. Er hatte es schon gespürt, als er die Fähre betreten hatte, dieses Herausgenommensein aus dem Alltag, den kräftigen Wind, der alles wegwehte, was an zu Hause erinnerte. Eine Woche Inselleben lag vor ihm, Urlaub, dazwischen Klausurkonvent der Pastoren seines Kirchenkreises, Entspannung, Zeit zum Nachdenken. Als der Propst vor einigen Monaten angekündigt hatte, die diesjährige Klausurtagung des Konventes finde auf Amrum statt, hatte er spontan zugesagt. Und Annette hatte ihm zugeredet, einige Urlaubstage dranzuhängen.

„Sind Sie auch so müde?" Der Mann neben ihm, Mitte Vierzig, gähnte herzhaft. „Wir sind aus dem Ruhrgebiet."

„Ah ja."

„Wo sind Sie her?"

„Schleswig-Holstein, ein kleines Dorf in der Nähe von Lübeck. Ich hatte es nicht so weit."

„Die Marzipanstadt." Der Mann grinste. „Soll ja schön sein, waren wir aber noch nie. Das ist unser erster Urlaub hier oben. Mal sehen, was die Insel zu bieten hat. Ist ja ganz beeindruckend, das Ganze hier." Der Mann deutete auf Meer und Halligen. „Aber das frühe Aufstehen, wir sind nachts um eins auf die Autobahn, war alles frei, zum Glück. Sind Sie auch mit dem Auto auf dem Schiff?"

„Nein." Frank Falke schüttelte den Kopf. „Ich habe den Wagen in Dagebüll gelassen. Auf einem der bewachten Parkplätze."

„Na, ich weiß nicht. Obwohl es ja vernünftig ist. Wir haben den Wagen mit.“ Er deutete auf das Fährdeck – ein blauer Passat-Kombi, in dessen Windschutzscheibe sich der Name der Fähre spiegelte. „Sie wissen ja, was Frauen immer so alles einpacken. Und dann die beiden großen. Wir hätten noch ´nen Anhänger brauchen können.“

„Das ist nicht wahr“, ertönte eine zarte Frauenstimme neben ihm.

„Schon gut, Schatzimausi.“ Der Mann wandte sich seiner Frau zu, die neben ihm stand, lachte. „Du hast ja Recht, ich hab auch das ein oder andere mit, geb ich zu. Ich meine, wenn man schon in Deutschland bleibt, kann man doch ein paar Sachen mitnehmen. Wissen Sie, Deutschland, habe ich zu meiner Familie gesagt, einfach mal Deutschland. Ist auch schön. Wir waren ja schon überall, Mallorca, Teneriffa, Ibiza, Dominikanische Republik, all inclusive. War nicht schlecht, aber nie wieder, sag ich Ihnen. Der lange Flug, ich vertrag das Fliegen nicht. Komisch, mit den Schiffen ist das anders. Und dann die Bienen und so.“

„Die Bienen?“ Frank Falke verstand nicht.

„Killerbienen, die gibt´s jetzt überall in Südamerika, hat mir ein Kollege gesagt. Ein Stich und man ist tot. So was gibt´s hier nicht. Obwohl, billig ist die Insel auch nicht. Na, ich geh jetzt Kaffee trinken, sonst fall ich um. Wollen Sie mit?“

„Nein danke.“ Frank Falke schüttelte den Kopf. Der Mann entfernte sich. An der Reling wurde eine hagere Frau sichtbar, lächelte entschuldigend. Frank Falke lächelte zurück, wollte etwas sagen, unterließ es. Er verließ die Reling, schlenderte über das Oberdeck.

Er war im Urlaub. Niemand wusste, dass er Pastor war. Niemand fühlte sich bemüßigt, ihm seine Sünden zu beichten, niemand genötigt, ihm sein Verhältnis zur Kirche erklären zu müssen. Er war einer unter vielen – und er genoss es.

Frank Falke beendete die Wanderung, entschied, doch einen Kaffee zu trinken. Etwas Warmes würde ihm gut tun. Obwohl es Juni war, wurde es hier auf dem Meer kühl. Er suchte die Treppe, die nach unten führte, ging hinunter, betrat das Restaurant. Im Gegensatz zur Weite des Oberdecks wirkte hier alles dunkel und eng, die Luft war stickig. Dennoch waren fast alle Plätze besetzt. Instinktiv wollte er wieder umdrehen, suchte dann doch einen freien Platz, fand einen. Gesprächsfetzen drangen zu ihm herüber:

„Wir sind alte Amrumer, fahren jedes Jahr auf die Insel, seit zwanzig Jahren. Ich weiß noch, wie ..."

„... nein! Du bekommst jetzt keine Schokolade. Nimm einen Apfel ..."

„... ob wir die Gebhards wieder treffen? Als sie uns im April schrieben, wussten sie noch nicht genau, ob sie auch dieses Jahr im Juni kommen würden. Weißt du noch, wie Herr Gebhard letztes Jahr ..."

Ein Steward erschien, nahm seine Bestellung auf. Frank Falke machte es sich auf seinem Platz bequem, stieß aus Versehen gegen das Tischbein, stellte fest, dass es festgeschraubt war. Ach ja, das war auf Schiffen so üblich. Erinnerungen zogen an ihm vorbei. Heute Morgen kurz nach sieben die Abfahrt, er hatte die Entfernung nach Dagebüll unterschätzt, hatte sich auf dem letzten Wegstück sehr beeilen müssen, war froh gewesen, dass er schon telefonisch einen Parkplatz vorbestellt hatte. Und davor, Viertel vor sieben der Anruf von Walter Knaack. Auch wenn die Landwirte in aller Regel früh aufstanden, war es doch eine Frechheit gewesen, sich zu dieser Uhrzeit bei ihm zu melden. Eine geschlagene Viertelstunde hatte Walter Knaack ihn bedrängt, sich bei der nächsten Landverpachtung für ihn einzusetzen, weil ein bestimmtes Flurstück angeblich unverzichtbar für die Existenzsicherung seines Hofes sei. Er war froh gewesen, als er endlich den Hörer hatte auflegen können. Erlebnisse eines Pastorendienstes, aber nicht alles war so unerfreulich gewesen. Der Besuch bei Magda Hinrichsen gestern Morgen zum Beispiel hatte Freude gemacht, er besuchte die Seniorin regelmäßig – am Nachmittag der Konfirmandenunterricht, eine wilde Truppe und schwer zu bändigen, die er aber dennoch mochte. Und gestern Abend die Sitzung mit den Bürgermeistern über einen eventuellen Ausbau des Kindergartens. Ein voller Tag, Urlaub war in der Regel mit Mehrarbeit zu bezahlen. Dennoch ...

„Hast du gesehen, wie der uns angestarrt hat?“ Eine ängstliche Frauenstimme riss ihn aus seinen Gedanken. Einige Tische von ihm entfernt hatten zwei Frauen an einem Tisch Platz genommen, die ältere mochte auf die Fünfzig zugehen, während die jüngere, gesegnet mit flammend rotem Haar, mindestens fünfzehn Jahre jünger war.

„Lorenz Schmidt.“ Die Rothaarige lächelte grimmig. „Er hat mich noch nie mit dir zusammen gesehen. Doch daran wird er sich gewöhnen müssen.“

„Er sah so ...“ Die ältere Frau zögerte, suchte nach Worten, „ich weiß nicht. Er sah so böse aus. Du kennst ihn?“

„Ja. Und er ist böse, glaub mir.“ Die Rothaarige faltete ihre Hände zusammen, ließ die Gelenke knacken, öffnete die Hände wieder, wurde urplötzlich weich. Der Eindruck von Gewalt, der eben noch vorhanden war, wich.

„Er macht dir Angst, nicht wahr?“ Sie beugte sich sanft zu ihrer Freundin hinüber, fuhr ihr zärtlich durch das Haar. Die Intimität der Berührung ließ Frank Falke zusammenzucken. „Hab keine Angst. Nicht vor dem. Ich passe auf dich auf.“

Ein Anflug von Tränen ließ sich auf dem Gesicht der Älteren sehen. „Du ... du bist so lieb.“ Sie ergriff die Hand ihrer Freundin, drückte sie fest. „Danke.“

Frank Falke wandte das Gesicht ab, fühlte sich zunehmend unwohl in seiner Rolle als Beobachter. Er trank den letzten Rest Kaffee aus, winkte nach dem Steward, der ausnahmsweise sofort kam, bezahlte. Falke stand auf, warf einen letzten Blick auf das ungleiche Paar, das sich noch immer an den Händen festhielt, steuerte auf die Tür zu. Ein Satz wehte ihm nach: „... der macht das nicht mehr lange, Sybille, der ...“

„Aber so etwas darfst du doch nicht sagen ...“

Frank Falke verließ das Restaurant, trat ins Freie. Die dichte Wolkendecke war jetzt aufgerissen, Sonnenstrahlen blitzten zwischen den Wolkenrändern hervor. Sie näherten sich der Insel. Als grüner Strich hob sich Amrum vom Meer ab. Geradeaus in Fahrtrichtung war in der Ferne ein kleiner Seglerhafen zu erkennen, während an der linken Inselspitze Häuser eine Ortschaft ankündigten.
Frank Falke bemerkte, dass die erfahreneren Passagiere nach und nach vom Oberdeck verschwanden und sich bereits zu ihren Koffern begaben. Er beschloss, noch einen Augenblick zu verweilen, lehnte sich noch einmal an die Reling, blickte der weißgeschäumten Fahrspur der Fähre nach. Vom Festland war nichts mehr zu sehen.
Er atmete tief durch, spürte den frischen rauhen Wind auf seiner Haut, genoss den Anblick des aufgewühlten Wassers, die endlose Weite des Meeres. In Fahrtrichtung kam die Insel jetzt rasch näher, der Fähranleger wurde sichtbar, die Ortschaft wuchs zu ihrer wirklichen Größe heran. Das musste Wittdün sein, soviel er wusste. Frank Falke löste sich vom Staunen, begab sich ins Innere des Schiffes. Zwei Treppen hinunter, dann hatte er den Gang mit den Koffergestellen erreicht. Der Gang war bereits mit Menschen vollgestopft, jeder holte seine Koffer, Taschen, Rucksäcke, Seesäcke aus den Gestellen heraus, versuchte schwerbeladen vorwärts zu kommen. Frank Falke zwängte sich an den Wartenden vorbei, ließ seinen Koffer im Regal stehen, trat ins Freie. Es war beeindruckend, wie das Schiff mit donnernden Motoren in langsamer Fahrt punktgenau auf den Anleger zusteuerte. Dann, unter Aufbieten aller Motorenkraft, stoppte das tonnenschwere Gefährt. Nur noch wenige Meter trennten sie von der Insel, wild wirbelte das Wasser unter dem Bug hervor. Auch die Möwen waren wieder da. Die Bugklappe war bereits hochgefahren. Einer der Matrosen stand hinter der leichten Absperrung, ergriff eine Leine, die von einem Mastbaum des Anlegers herunterhing, zog die Fernbedienung der Anlegebrücke zu sich. Bedächtig senkte sich die

Brücke, legte sich mit einem metallisch schmatzenden Geräusch auf die Fähre.
Frank Falke ging zurück, reihte sich jetzt in die Schlange der Wartenden ein, nahm seinen Koffer vom Regal. Die Fußgänger wurden zuerst von Bord gewunken, die Schlange setzte sich in Bewegung. Schwer bepackt eilten die Menschen ihren Zielen entgegen. Ein junger Mann wurde stürmisch von seiner Freundin begrüßt. Zwei ältere Frauen steuerten zielstrebig auf ein Taxi zu. Ein Kind, das vorausgelaufen war, blickte sich ängstlich nach seinen Eltern um. Frank Falke betrat den Inselboden, blieb stehen, setzte den Koffer ab, da ihm die Hand zu schwer wurde, schaute sich nach dem Bus um, der ihn nach Norddorf bringen sollte. Plötzlich schrie jemand, Glas klirrte, gefolgt vom dumpfen Geräusch von sich verbiegendem Metall. Erschrocken blickte Frank Falke zur Fähre zurück. Einer der Wagen war vorgeschnellt, war auf das vor ihm stehende Auto aufgefahren. Aus einem roten BMW stieg die rothaarige Frau, die er bereits im Restaurant beobachtet hatte. Die Frau fluchte leise. Wenige Meter von ihr entfernt lehnte an der Metallwand des Schiffes ein Mann, den Frank Falke ebenfalls kannte. Es war der Mann, der ihn mit so penetranter Stimme auf das Verbot der Möwenfütterung aufmerksam gemacht hatte. Sein Gesicht war von leichenhafter Blässe. Er sah aus, als hätte soeben ein Anschlag auf sein Leben stattgefunden.

II.

„Der hat gezittert, als ginge es um sein Leben." Detlef Knapproth grinste. „So bleich habe ich den Schmidt selten gesehen."
Der Bus näherte sich dem Dorf Nebel, hatte soeben die Windmühle passiert, fuhr am Ortsrand entlang, vorbei an Einfamilienhäusern, hinter Hecken versteckt, dazwischen ab und an ein altehrwürdiges Friesenhaus. Jemand stieß Ingmar Hagedorn mit dem Ellenbogen an, entschuldigte sich postwendend. Er

versuchte, sich noch kleiner zu machen, was kaum möglich war, da Detlef Knapproth neben ihm ohnehin den größten Teil der Sitzbank ausfüllte. Der Bus bremste. Ingmar Hagedorn hielt sich an der Haltestange vor dem Sitz fest, griff nach der Reisetasche zwischen seinen Füßen. Im Bus herrschte qualvolle Enge und zwischen den Menschen, die sich im Gang und auf den Bänken kaum rühren konnten, befanden sich am Boden Koffer aller Art, Taschen, Rucksäcke.

„Dabei ist doch gar nichts passiert." Detlef Knapproth spann den Gedanken fort. „Schmidt war doch längst aus den Autos raus, als die kleine Engels mit ihrem BMW den Satz nach vorn gemacht hat. Na ja, so´n paar zerquetschte Beine sind natürlich nicht schön. Aber war ja nicht so."

„Sie kennen die beiden?"

„Gehören beide unserem Verein an." Detlef Knapproth lachte. „Was die Engels schreibt, weiß ich gar nicht, aber so doll kann das nicht sein, und der Schmidt schreibt Sonaten. Hölzerne Dinger, unerträglich, sollte er lieber lassen. Sind beide nicht sehr erfolgreich. Bei mir ist das anders. Meine Bücher laufen gut. Ich hatte in letzter Zeit zahlreiche Lesungen, eine sogar im Gottorfer Schloss in Schleswig."

Der Bus hielt, öffnete die Türen. Bewegung entstand. Etliche Menschen stiegen aus, wuchteten ihre Koffer aus dem Bus hinaus ins Freie. Ingmar Hagedorn dachte an seine eigenen schriftstellerischen Versuche. Der plötzliche Unfalltod seiner Frau ... seine Gefühle von Einsamkeit und überwältigender Trauer ... der Versuch, dies alles in Worte zu fassen. Das war vor acht Jahren. Seine Frau war noch nicht einmal dreißig gewesen, als sie starb. Die ersten Jahre danach waren für ihn zur Hölle geworden, seine Gedichte hatten ihm geholfen, dies auszudrücken. Später hatte er weitergeschrieben. Vor drei Jahren hatte er dann durch Zufall gewagt, einem Freund das Heft zu zeigen. Dessen Begeisterung hatte ihn schließlich bewogen, zweihundert kleine Bücher auf eigene Kosten drucken zu lassen, und zu seinem Erstaunen waren die Hefte schnell vergrif-

fen gewesen. Jetzt lag seine gesamte Auflage bei fünfhundert Stück. Sogar der *Preetzer Bote* hatte über ihn berichtet. Bald darauf hatte Detlef Knapproth ihn angerufen und ihn überredet, dem *Club der Poeten* beizutreten. Seit einem halben Jahr war er jetzt Mitglied. Und nun waren sie unterwegs zur Jahrestagung des Vereins, die in Norddorf stattfinden sollte.
Der Bus setzte sich wieder in Bewegung, hielt erneut, wurde wieder leerer, verließ die Ortschaft, fuhr durch eine Heidelandschaft.
„Und dieser Schmidt, von dem Sie sprachen ..."
„Nicht so laut! Da vorne steht er." Detlef Knapproth deutete verstohlen nach vorn. Der Bus war mittlerweile deutlich leerer geworden. Vorne in der Nähe des Fahrers sah Ingmar Hagedorn einen etwas fülligen Mann stehen, vielleicht ein paar Jahre älter als er selbst, Ende Vierzig, mit Umhängetasche und Kamera bewaffnet. Der Mann machte einen überaus korrekten Eindruck.
„Wissen Sie, es würde mich gar nicht wundern", Detlef Knapproth senkte seine Stimme, flüsterte, „wenn die kleine Engels das mit Absicht getan hat."
„Den Autounfall? Aber ..."
„Warum nicht? Die hat doch Geld, das sieht man. Geerbt, wenn ich mich nicht irre. Haben Sie gesehen, was für einen Schlitten die fährt? Und die Versicherung zahlt doch. Weisen Sie der mal nach, dass das kein Unfall war. Den Gang einlegen – ist sowieso Pflicht beim Parken auf der Fähre – und vergessen, die Kupplung zu treten, dann den Wagen anlassen ... und Rumps! macht die Karre einen Satz nach vorn. Ein kleiner roter Teufel, sag ich Ihnen. Flotte Biene. Ist aber schwer ranzukommen."
Ingmar Hagedorn schwieg irritiert. Das Wort „flotte Biene" gehörte nicht zu seinem Wortschatz ... Und ein absichtlich herbeigeführter Autounfall, bei dem es beinahe einen Verletzten gegeben hätte ... So etwas tat man doch nicht.
Der Bus erreichte Norddorf. Der Kiefernwald, der sie die letzten beiden Kilometer begleitet hatte, hörte auf, an den Straßen-

rändern wurden die ersten Pensionen sichtbar. Erneut kam ihm ein Ellenbogen gefährlich nahe. Die junge Frau, der der Arm gehörte, bemerkte es nicht.
„Aber ..."
„Nun gucken sie nicht so entrüstet." Detlef Knapproth schien seine Verlegenheit wahrzunehmen. „Und kommen Sie mir nicht mit Moral. Wer ist schon moralisch? Sie vielleicht oder ich? Ich weiß, was Sie jetzt sagen wollen, als Lehrer ... Aber ich sage Ihnen etwas. Ich bin Lehrer an einem Fachgymnasium für Technik. An Deutsch hat dort keiner Interesse. Gedichte? – Können Sie vergessen! Die wissen ja noch nicht mal, wer Goethe ist, geschweige denn Rilke. Einmal habe ich ihnen Schwitters vorgesetzt, Dada, Sie wissen schon. Die ersten fünf Minuten fanden sie es interessant, dachten wohl, es sei ein neuer Computercode ... Doch dann. Aber was soll´s. Es ist mein Job. Ich mache irgendwas – na und? – und bekomme mein Geld dafür. Moral, Bildung und Erziehung, vor 20 Jahren hatte ich auch den Kopf voll von solchen Ideen. Vergessen Sie´s. Jeder nimmt sich, was er kann, das ist Moral. So sieht es aus."
„Ich weiß nicht. Und warum sollte sie so etwas tun?"
„Weil ... Ah, wir sind da. Erzähl ich Ihnen später mal. Na, dann wollen wir mal sehen, was der alte Schneiber für uns vorbereitet hat. Hoffentlich ist es besser als das letzte Mal."
Der Bus näherte sich der Kurverwaltung, bremste. „Endstation", verkündete der Fahrer über die Lautsprecher.
Ingmar Hagedorn schaute sich neugierig um. Das rote Klinkerhaus der Kurverwaltung, überraschend bescheiden, links eine Wiese, der Laubengang, die Fahnenständer mit den Farben Schleswig-Holsteins und der Bundesrepublik, das also war Norddorf. Sie stiegen aus.
„Hier entlang." Detlef Knapproth ergriff seinen Koffer, machte sich zielsicher auf den Weg. „Sie waren noch nie hier, nicht wahr?"
„Nein."
„Ich schon. Ich kenne Amrum wie meine Westentasche. Ich

war schon zweimal auf der Insel. Groß ist sie ja nicht. Kommen Sie!“
Sie durchquerten den Laubengang neben der Kurverwaltung, an die sich rechter Hand eine Konditorei anschloss. Das *Hotel Hüttmann* lag vor ihnen. Ein zweistöckiger, langgezogener Bau in angenehmem und zugleich vornehmem Gelb und Weiß. Ein Plakatständer vor dem Hotel verkündete: *Jahrestagung des Clubs der Poeten. Erste Lesung am Samstag, den ...*
„Da sind wir.“ Sie betraten das Hotel. Eine freundliche Atmosphäre empfing sie. Im Eingangsbereich, gegenüber der Rezeption, war ein kleiner Empfangstisch aufgebaut worden. Dr. Schneiber erwartete sie.
„Willkommen zur Jahrestagung.“ Er erhob sich hinter dem kleinen Tisch, reichte ihnen die Hände. Ein hagerer, vielleicht einsneunzig großer Mann. Er hat ein trauriges Gesicht, dachte Ingmar Hagedorn unwillkürlich.
„Haben Sie eine gute Überfahrt gehabt?“ Die nächsten beiden Minuten vergingen mit artigen Höflichkeiten. „Und nun zu Ihren Zimmern. Leider, leider, wir können Sie nicht hier im Hotel unterbringen. Für Sie beide habe ich ein Doppelzimmer in der *Pension Deichkrone* vorgesehen. Tut mir Leid, aber ... es wird ihnen schon gefallen. Einige andere Kolleginnen und Kollegen sind auch dort. Und die Pension ...“ Detlef Knapproths fassungsloser Blick unterbrach ihn.
„Ein Einzelzimmer“, der plötzliche Wutanfall raubte Detlef Knapproth die Luft, „ich hatte ein Einzelzimmer bestellt. Im Hotel. Ich ...“
„Nicht so laut!“ Erschrocken hob Dr. Schneiber die Hand. „Bitte nicht so laut.“ Er sah peinlich berührt zur Hotelangestellten hinüber, die hinter der Rezeption stand. „Wir haben keine Einzelzimmer mehr.“ Er suchte nach Worten. „Verstehen Sie doch, die Zimmer hier sind schon alle belegt. Viele sind gestern schon angekommen Und ich hatte doch geschrieben, dass einige von uns in Pensionen untergebracht werden. Sie hatten auch nicht Bescheid ...“

„Mit mir nicht. Mit mir können Sie es ja machen, was? Ich will mein Zimmer! Auf der Stelle!"
„Und wenn wir beide in dieser Pension ..."
„Vielleicht können wir etwas für Sie tun." Die Hotelangestellte kam herüber, versuchte zu helfen. „Morgen soll ein Zimmer frei werden, wahrscheinlich jedenfalls. Und dann ..."
„Nein heute. Ich habe bezahlt. Für ein Zimmer im Hotel. Ich habe ein Recht darauf. Und Sie, Schneiber ..."
„Ich bitte Sie, Herr Knapproth, haben Sie doch Verständnis." Dr. Schneibers Hände zuckten nervös. „Sie sind doch auch nicht allein in der Pension. Schmidt ist da, Sybille Marxen und Kattrin Engels. Ich glaube, den beiden ist das sogar ganz recht mit der Pension, da sind sie ungestörter. Und sehen Sie, unter Umständen ..."
„Was haben Sie da gesagt?" Detlef Knapproth holte tief Luft, stockte. „Sagen Sie das noch mal."
„Dass Frau Engels und Frau Marxen in der Pension sind. Und Lorenz Schmidt auch." Dr. Schneiber wirkte sichtlich erleichtert. „Meinen Sie das? Und mehr Ruhe haben Sie dort auch. Sie bekommen Ihren Schlüssel, dann sind Sie ihr eigener Herr. Das müsste doch ganz in Ihrem Sinne sein, Herr Knapproth, so wie ich Sie kenne." Dr. Schneiber konnte sich das Schmeicheln nicht verkneifen. „Das Ursprüngliche, Ihre Unabhängigkeit, Ihr Streben nach Selbständigkeit, wie ich es auch in Ihren Werken finde. Jedenfalls das Streben", fügte er leise hinzu. „Der Geist, der seinen eigenen Weg geht, jenseits aller Konventionen. Und ein Hotel, na ja, ein Hotel ist Konvention, finden Sie nicht?"
„Na vielleicht." Ein Kopfnicken. „Gut, wo ist die Pension? Obwohl es nicht in Ordnung ist."
„Mich brauchen Sie nicht mehr?" Sichtbar gekränkt verschwand die Hotelangestellte wieder hinter der Rezeption.
„Das dürfen Sie nicht falsch verstehen, Hagedorn." Sie hatten das Hotel verlassen, gingen den *Ual Jaat* hinunter. Detlef Knapproth nickte ihm zu. „Das war nicht gegen Sie gerichtet,

Hagedorn. Doch Schneiber muss man auf die Finger sehen. Der bildet sich ein bisschen zu viel ein auf seinen Doktortitel. Und nicht, dass Sie etwa denken, der wäre Germanist. Nichts da, Chemiker ist er, Doktor der Chemie. Aber na ja, vielleicht ist die Pension wirklich besser. Aber nicht, dass Sie mir andauernd auf der Bude hocken, wenn wir ein Zimmer teilen. Man muss auch mal für sich sein können."

„Ja ... Selbstverständlich." Ingmar Hagedorn stand noch ganz unter dem Eindruck des soeben Erlebten. Der plötzliche Wutanfall Detlef Knapproths hatte ihn verwirrt, zugleich auf seltsame Weise fasziniert. Wie der Mann sein Recht verlangt hatte! So etwas hatte er selbst noch nie fertig gebracht. Zugleich war die ganze Szene widerlich und abscheulich ... Ein dicker Regentropfen landete in seinem Gesicht. Überrascht blickte Ingmar Hagedorn nach oben. Der Himmel hatte sich zugezogen, ein Wolkenbruch kündigte sich an. Es begann zu regnen.

„Kommen Sie!"

Detlef Knapproth begann zu laufen. Ingmar Hagedorn eilte, so schnell er es mit Koffer und Reisetasche fertigbrachte, hinterher. Der Regen wurde heftiger.

An der Kreuzung stand ein verloren wirkender Mann, den Koffer auf die Straße gestellt, ein klitschnasses Blatt Papier in der Hand. Detlef Knapproth bog nach rechts ab. Geradeaus vor ihnen lag das Marschland.

„Entschuldigung ..."

Ingmar Hagedorn blieb stehen, sah den Mann an, sah Detlef Knapproth nach, der ungerührt weitereilte.

„Ja?"

„Wissen Sie, wo hier die *Pension Deichkrone* ist?"

„Da müssen wir auch hin, kommen Sie."

Die beiden Männer eilten Detlef Knapproth hinterher, der etwa hundert Meter vor ihnen in ein Gartentor bog. Dahinter musste sich die Pension befinden.

„Hagedorn, Hagedorn ist mein Name", brachte Ingmar Hagedorn während des Laufens hervor.

„Frank Falke", entgegnete der andere schwer atmend. Sie erreichten das Haus, stießen auf Detlef Knapproth, der sie schimpfend empfing. *Pension Deichkrone* verkündete ein Holzschild. „Dieses verdammte Haus hat keine Klingel!" stieß Detlef Knapproth hervor.

III.

„So, die Neuen sind alle oben. Und den einen können wir gleich wieder vor die Tür setzen." Kopfschüttelnd schloss Frauke Boysen die Tür, kehrte in die Küche zurück. „Beschwert sich doch als erstes, dass wir keine Klingel haben. Hat noch nicht mal guten Tag gesagt. Unsere Tür steht immer offen, mein Herr, habe ich ihm gesagt. Und der Haustürschlüssel? fragt er als nächstes. Wir haben noch nie einen Schlüssel gebraucht und unsere Gäste auch nicht. Wer nach Mitternacht kommt, kann vorher Bescheid sagen. Sonst kann er ja woanders hingehen. Na, da war er still."

„Nun vergraul uns mal die Gäste nicht. Noch keine Stunde da und du musst ihnen den Marsch blasen." Okke Boysen lachte, zeigte auf die Küchenbank. „Setz dich. Ist ja bei deinem Temperament ein Wunder, wenn wir überhaupt noch Gäste kriegen. Und das in deinem Alter."

„Komm mir nicht damit. Du bist auch nicht mehr der Jüngste." Frauke Boysen lachte. „Weißt du noch, früher, als unsere Kinder alle noch da waren. Und das Haus voller Gäste. Aber jetzt wird es mir manchmal zu viel. Immer neue Gesichter, neue Leute. Weißt du, als die Rexroths und die Möllers noch kamen. Die kannte man, fast 20 Jahre sind sie gekommen. Danach ihre Kinder. Aber jetzt ..."

„Ja, die Kinder." Okke Boysen wurde plötzlich ernst. „Unser Kind, Frauke." Tiefe Falten zeigten sich auf seiner Stirn. „Unser Enkelkind, ja." Er deutete auf den Brief, der auf dem Küchentisch lag. „Und was nun, Frauke?"

„Na, was wohl? Wir nehmen sie auf, was sonst?"
„Unser Haus ist voller Gäste."
„Ja. Vielleicht geht es mit Uwe doch noch mal. Überhaupt, Uwe ist Jessicas Vater. Aber ... natürlich ..."
Der Satz glitt unvollendet ins Leere. Stille herrschte zwischen den beiden. Frauke Boysen schaute störrisch zum Küchenfenster hinaus. Der Regen hatte aufgehört, letzte Tropfen liefen an der Scheibe entlang. Sie zögerte.
„Du hast Recht."
„Ja, nicht wahr?"
„Diesmal ist es wohl vorbei."
„Ja." Er stand auf. „Ich geh jetzt rauchen."
„Musst du immer so viel rauchen?"
Okke Boysen lachte. „Nächstes Jahr feiern wir goldene Hochzeit und du versucht immer noch, mir das Rauchen abzugewöhnen. Fünfzig Jahre lang. So, ich geh jetzt. Draußen, wie ich es dir vor dreißig Jahren versprochen habe."
Er verließ die Küche. Frauke Boysen schaute ihm nach, seufzte, blickte auf den Brief von Maike, der heute gekommen war. Ja, diesmal war es wohl vorbei. Dabei war so schwer zu sagen, woran es eigentlich lag. Am meisten tat es ihr um Jessica Leid. Jessica war ihre Enkeltochter, dreizehn Jahre alt. Maike und Uwe hatten lange auf ihr Wunschkind warten müssen. Und nun sollte Jessica als Scheidungskind aufwachsen. Das war nicht richtig, wirklich nicht. Doch Uwe hatte eine andere, daran gab es wohl keinen Zweifel mehr. Obwohl Uwe das immer bestritten hatte. Eine Frau aus seinem Büro, mit der er schon lange befreundet war. Mehr als befreundet war? Uwe sagte nein, Maike dagegen sah das völlig anders. Aber das war ja es auch nicht wirklich, was zwischen den beiden stand, sondern vielmehr ...
Sie hörte Geräusche aus der kleinen Teeküche. Einer der neuen Gäste war dort am Hantieren. Frauke Boysen wuchtete ihren schweren Körper von der Küchenbank hoch, hörte gleichzeitig ihren Mann wieder ins Haus kommen.

„Na, einen Kaffee kochen?"
Der Mann aus dem kleinen Einzelzimmer stand in der Teeküche. In der Hand hielt er eine Kaffeekanne. Falke war sein Name, wenn sie sich richtig erinnerte. Keiner von den Dichtern, die diesmal das Haus bevölkerten.
„Ja, und eine Kleinigkeit essen." Frank Falke deutete auf einen Teller mit Butterbroten, der auf der Küchenplatte stand.
„Na denn guten Appetit. Und hinterher nichts stehen lassen. Die Küche muss immer ordentlich sein. Wenn Sie nachher die Tassen wegräumen, die Henkel immer nach hinten."
„Wie bitte? Entschuldigung ..."
„Hier." Ohne eine weiteres Wort zu sagen, öffnete sie den Küchenschrank, der über der Arbeitsplatte hing, deutete auf die übereinander gestapelten Tassen. „Die Henkel müssen nach hinten, sonst stoßen sie beim Zumachen an." Energisch schloss sie den Schrank. „Sehen Sie?"
„Ja, natürlich. Ich werde daran denken."
Sie schaute den Mann an. Wieder ein Neuer. Einer, dem man erst mal alles erklären musste. Eine Woche später der Nächste. Und übernächste Woche der Nächste ...
„Können Sie verstehen, dass man manchmal keine Gäste mehr sehen kann?"
Auf Frank Falkes Gesicht zeigte sich leichte Irritation. Das Telefon klingelte. Sie hörte, wie ihr Mann an den Apparat ging.
„Wir machen das jetzt seit fast fünfzig Jahren. Ich bin sechsundsiebzig. Da wird einem das manchmal zu viel. Man möchte auch mal seine Ruhe haben. Vielleicht hören wir bald auf."
„Das kann ich verstehen."
„Können Sie das? Na ja, schön. Und vergessen Sie nicht, die Küche sauber zu hinterlassen. Den Männern muss man das immer sagen."
Sie drehte sich um, ging zurück in ihre eigene Küche, hörte hinter sich den Mann mit dem Geschirr hantieren. Frauke Boysen setzte sich wieder auf die Küchenbank.
„Das war Maike."

Okke, ihr Mann, kam herein.
„Und?"
„Sie schickt Jessica zu uns. Heute Morgen ist sie aus ihrer Wohnung mit Uwe ausgezogen. Sie ist jetzt bei einer Freundin, sagt sie. Aber Jessica kann da nicht bleiben." Okke seufzte. „Also kommt sie zu uns. Jessica kommt in drei Stunden mit der letzten Fähre. Maike hat sie gerade hingefahren."
Sie schwiegen. Okke ging langsam zum Fenster, schaute über das Marschland hinüber zum Deich. Zwischen riesigen Wolkenbergen blitzte die Sonne hervor, spiegelte sich im Watt, das zunehmend im Wasser verschwand. Es war auflaufende Flut. Drüben auf Föhr regnete es. Er drehte sich wieder zu seiner Frau um. „Und was machen wir jetzt?"
„Oh je." Frauke Boysen holte tief Luft. „Uwe war nicht der schlechteste Schwiegersohn."
„Es ist vorbei, Frauke. Was nun, wenn ich Jessica von der Fähre geholt habe?"
„Wohin mit ihr, meinst du?"
„Ja." Okke Boysen zuckte mit den Achseln. „Ich weiß nicht. Vielleicht – wenn sie mit in unser Bett ..."
„Sie ist dreizehn, Okke, kein kleines Kind mehr." Sie sah ihren Mann intensiv an. Es geht ihm näher, als er zugeben mag, schoss ihr durch den Kopf. Frauke Boysen überlegte. „Jessica braucht ein Zimmer, ein eigenes Zimmer."
„Zimmer haben wir genug."
„Wir haben Gäste. Und wenn du ausnahmsweise einmal Redlef ..."
„Nein!" Sein Gesicht versteinerte sich. „Nein. Redlef um etwas bitten?" Er schüttelte den Kopf. „Nein."
„Ja ..."
Redlef war Okkes jüngerer Bruder. Seit sie sich über das Erbe des Vaters zerstritten hatten, gab es kaum noch Kontakte zwischen den beiden Brüdern. Das war der dunkle Schatten auf ihrer ansonsten glücklichen Familiengeschichte. Und Maike, dachte sie plötzlich. Maikes Scheidung, denn darauf würde es

ja wohl hinauslaufen. Ein neuer Schatten. Jessica als Scheidungskind ...
Bei Thea wird übermorgen ein Zimmer frei, fiel ihr ein. Thea war die Nachbarin, eine Rheinländerin, die nach zahlreichen Amrum-Urlauben einen Insulaner geheiratet hatte. Thea sprach gern von sich als „alter Amrumerin", was natürlich Unsinn war. Selbst der rheinländische Dialekt war noch hörbar. Aber trotz ihres Getues konnte man mit ihr klarkommen. Und Thea hatte ihr heute Morgen erzählt, dass einer ihrer Gäste kurzfristig abgesagt hätte.
„Unser Enkelkind gehört in unser Haus. Thea ..."
„Ich frage Herrn Falke. Nein, besser den Schmidt. Das Balkonzimmer." Sie hatte einen Entschluss gefasst. Schmidt war einer der Dichter, die heute ins Haus gekommen waren. Er und Falke hatten die einzigen Einzelzimmer unter den Gästezimmern. „Wenn Schmidt zu Thea geht, kann Jessica in sein Zimmer. Und bis dahin ... die Luftmatratze in die Küche." Sie seufzte. „Haben wir früher auch manchmal gemacht, wenn die Kinder plötzlich hier auftauchten. Weißt du noch, Okke? Wie lange bleibt sie eigentlich bei uns?"
„Ich weiß nicht. Irgendwann ist ja wohl wieder Schule, aber ..."
„Oh je."
„Ja." Okke nickte, drehte sich wie geistesabwesend um, schaute wieder zum Fenster hinaus. Der Lichtfleck im Watt hatte sich vergrößert, glänzte silbern.
Frauke Boysen verließ den Raum, stieg die Treppe hinauf zu den Gästezimmern. Das Erdgeschoss war für Küche, Badezimmer, Teeküche und Gaststube reserviert, während sie selbst im Keller wohnten. Oben waren die Gästezimmer. Sie konnte sich nicht erinnern, dass es jemals anders gewesen war.
Sie ging an dem Doppelzimmer der beiden Frauen vorbei, hörte ein helles Lachen, klopfte an Detlef Schmidts Tür.
„Herein", erklang es augenblicklich.
Frauke Boysen trat ins Zimmer, schaute sich um. „Ich hätte da eine Frage an Sie, Herr Schmidt." Lorenz Schmidt schien zu

den ordentlichen Gästen zu gehören, der Koffer war ausgepackt, lag an der vorgesehenen Stelle. Alles machte einen pedantischen Eindruck. Energisch trug sie ihr Anliegen vor. „Ich hoffe, Sie sind einverstanden?“ endete sie.
„Ist das Zimmer dort denn auch sauber?“
„Selbstverständlich.“ Leichter Ärger stieg in ihr hoch. Thea mochte sein, wie sie wollte, aber eine Schlampe war sie nicht. Was bildete sich dieser Schmidt eigentlich ein?
„Und der Preis ist der gleiche?“
„Ja.“ Es stimmte nicht, Theas Zimmer waren um einiges teurer. Doch das würde sie mit Thea schon geregelt kriegen.
„Ich möchte mir das Zimmer vorher ansehen. Dieses Zimmer hier ist durchaus zufriedenstellend. Wenn ich überhaupt wechsle, dann ...“
Ihr Blick fiel auf einen Stapel alter Formulare, die auf dem Nachttisch ausgebreitet waren. *Totenschein* stand in Druckbuchstaben auf dem obersten Bogen. Der Rest war in alter deutscher Schrift geschrieben. Die Handschrift war schwer lesen, zudem hatte sie keine Übung darin. Der Name des Toten war ...
„... wäre ich dann bereit, das Zimmer zu ...“ Er bemerkte ihren interessierten Blick in Richtung Nachttisch, brach abrupt ab. Plötzliche Röte schoss in sein Gesicht.
„Das geht Sie gar nichts an!“ Lorenz Schmidts Stimme bebte. „Das dürfen Sie nicht. Das ist meine Privatsache!“ Er schrie. Sprachlos starrte Frauke Boysen ihn an.

IV.

Der Anblick verschlug ihm die Sprache. Frank Falke spürte den Wind auf seinem Gesicht, den allgegenwärtigen Sand unter seinen Füßen. Die Luft schmeckte salzig. Sie schauten auf den breiten, endlosen Strand, begrenzt von dem gewaltigen Dünenfeld, auf dem sie standen. Kilometerlanger weißer Sand,

der sich im Horizont und zur Seeseite im dunklen Meer verlor, das wiederum ohne erkennbaren Übergang mit dem Himmel verschmolz. Das Meer war ruhig, wenig Bewegung war spürbar. Jetzt am Abend war der Strand menschenleer, sicher hatte auch die unbeständige Witterung ihren Teil dazugetan. Aber seit rund zwei Stunden hatte es nicht mehr geregnet. Der Strand war übersät von Strandkörben, zahllose Farbtupfer auf dem weißen Sand. Neben der Weite vermittelte der Strand jetzt am Abend noch eine andere Stimmung: Einsamkeit.
„Ja, großartig." Ingmar Hagedorn nickte.
Sie standen auf der Höhe des Dünenkamms, auf dem Weg neben der Strandhalle, hatten sich beim Spazierengehen zufällig getroffen.
„So etwas habe ich noch nie gesehen." Frank Falke sprach langsam, gedankenverloren. „Einmal in Übersee, aber das war etwas anderes."
„Man kommt sich klein vor."
„Ja ... wirklich." Sie drehten sich um, gingen langsam den Weg durch die Düne zurück, vorüber an den Ständen der Strandkorbvermieter. Auf einer Tafel waren mit Kreide Wassertemperatur, Windstärke, Tageshöchsttemperatur sowie die Zeiten von Ebbe und Flut vermerkt. Ein anderer Strandkorbvermieter zierte seinen Stand mit einem klugen Spruch: *Das Gute – dieser Satz steht fest – ist stets das Böse, was man lässt. – Wilhelm Busch.* Der Spruch erschien ihm unpassend, er konnte nicht sagen, warum. Die Stände waren leer.
„Schade, dass Annette das nicht sehen kann." Frank Falke wandte sich wieder Ingmar Hagedorn zu. „Es hätte ihr gefallen. Annette ist meine Frau", fügte er erläuternd hinzu.
„Oh ja."
„Sind Sie auch verheiratet?"
„Verwitwet." Die Traurigkeit in seiner Stimme war unüberhörbar.
„Oh ja." Er zögerte. „Vor kurzem?"
„Nein. Acht Jahre. Ich weiß, nach soviel Jahren sollte man ...

Doch ... damals war ich anders. Lebenslustig und fröhlich – irgendwie. Ich glaube, es lag an Babette. Seitdem ..." Er warf Frank Falke einen kurzen, scheuen Blick zu. „Seitdem ist alles anders."

„Oh ja."

„Es war ein Unfall. Wir waren mit dem Auto unterwegs durch ganz Europa. Unser erster großer Urlaub zusammen. Fünf Wochen sollten es werden. Aber ... Babette war Allergikerin, erster Grad, wir hatten ein Antidot immer griffbereit. Dann saßen wir in diesem Café, lachten. Auf einmal ... Das Antidot lag im Auto ... Die Spritze, ich ... ich kam zu spät." Er sah plötzlich auf, sah wieder zu Boden. „Aber warum erzähle ich Ihnen das eigentlich?"

„Ich weiß nicht." Frank Falke schaute ihn an. „Vielleicht tut es gut, davon zu erzählen. Haben Sie es schon oft erzählt?"

„Nein. Nicht oft."

Sie gingen schweigend weiter, den Weg entlang, verließen den Dünenbereich, stießen auf die Straße, die von Knicks umgeben war, dahinter rechter Hand die Kurhäuser der Krankenkassen.

Er macht sich Vorwürfe, dachte Frank Falke.

Ingmar Hagedorn blieb plötzlich stehen. „Warum bringt man eigentlich jemanden um? Wissen Sie das?"

Frank Falke musterte ihn verwundert. Die Frage löste unangenehme Assoziationen in ihm aus. Mehr als einmal war er in den letzten Jahren Mord und Totschlag begegnet. „Ich verstehe nicht ganz."

„Nun, ach ... Heute Vormittag, der Unfall auf dem Schiff – mit dem Auto. Haben Sie es gesehen?"

„Ja."

„Jemand meinte, es wäre Absicht gewesen. Um dem Mann die Beine kaputtzufahren oder ... oder um ihn zu töten. Aber ..."

„Das glaube ich nicht." Er sprach wider bessere Erfahrung. Leise Alarmglocken schrillten in seinem Kopf. Bitte nicht, dachte er, nicht schon wieder. Kein Detektiv wider willen, nicht hier auf der Insel!

„Ich glaube es auch nicht. Ich weiß nicht, ich kann mir einfach nicht vorstellen, warum jemand so etwas tun sollte. Das ist doch nicht richtig. Aber Herr Knapproth meinte es." Er zögerte. „Haben Sie Lust mitzukommen? Heute Abend."
„Wohin mitkommen?"
„Zur ersten Veranstaltung unseres Vereins. Dem *Club der Poeten*. Heute Abend ist Dichterlesung."
„Sind Sie Schriftsteller?"
„Na ja, ich weiß nicht." Ingmar Hagedorn lächelte scheu. „Ich habe ein paar Gedichte geschrieben. Eigentlich bin ich Buchhalter."
„Ich komme mit." Frank Falke begann sich wieder zu entspannen. Die kurze Nähe des Todes schien vorüber. Warum auch nicht, dachte er, eine Dichterlesung. Er mochte diesen Mann in seiner zaghaften Art, mit seinem Kummer. Außerdem hatte er am Abend nichts vor.
Zwanzig Minuten später saßen sie im *Hotel Hüttmann*. Der Raum war knapp zur Hälfte gefüllt. Neben ihm saß Ingmar Hagedorn, umgezogen und korrekt gekleidet, obwohl er, wie er mehrfach betont hatte, nicht zu den Vortragenden gehörte. Dennoch spürte Frank Falke seine innere Aufregung. Da er erst seit kurzem in diesem Verein der Dichter war, wie Ingmar Hagedorn ihm auf dem Heimweg erzählt hatte, musste dies für ihn eine Art Premiere darstellen. Allein die Vorstellung, dass er ebenfalls zu denen gehören könnte, die ans Podium treten, berührt ihn, dachte Frank Falke. Er sah auf die Uhr, blickte sich um. Nahe der Tür sah er einen Mitbewohner der Pension Deichkrone im aufgeregten Gespräch mit einem auffallend langen, hageren Mann.
„... und er hat doch ein Einzelzimmer!" drang die unwirsche Stimme des Pensionsgastes zu ihm herüber. Die knallfarbene Pracht seiner Kleidung war bemerkenswert. Dabei mochte der Mann gut über Fünfzig sein.
„Ich bitte Sie, Knapproth, nicht jetzt!" Der Hagere machte eine hilflose Geste. „Wir müssen anfangen. Schmidt hat sich sein

Zimmer selbst besorgt, schon vor Wochen. Ich wusste nichts davon. Später ... Wir können ja später noch einmal darüber reden."

Die beiden trennten sich. Der Hagere schüttelte unwillig den Kopf, eilte nach vorn. Er zog einige beschriebene Kärtchen aus dem Revers, vergewisserte sich, ob er seinen Text konnte, trat vor das Publikum.

„Meine sehr verehrten Damen und Herren! Willkommen zur Woche der Poesie, veranstaltet vom *Club der Poeten*, die mit der heutigen Auftaktveranstaltung ihren würdigen Anfang findet. Was wäre eine Welt ohne Gedichte? Eine Sprache ohne Flügel? Obwohl in unserer heutigen modernen Welt des Computers und des Internets gerade die Dichtkunst oft genug nicht die Aufmerksamkeit findet, die sie verdient. Bedauerlicherweise ..."

Frank Falke sah auf das Blatt, das am Eingang verteilt worden war. Dies musste Dr. Karl-Heinz Schneiber sein, der Vorsitzende des Vereins.

„... Nun darf ich Ihnen unseren ersten Dichter vorstellen, ein Mann, der die Einsamkeit der Großstadt, die Verlassenheit der Häuserschluchten, das lärmende Nichts in bedrängende Worte umsetzt, Worte die bewegen, anrühren, ein Mann, der ..."

Es wurde eine langweilige Veranstaltung. Ohne ein wirkliches Urteil abgeben zu können, kamen ihm die Gedichte dilettantisch vor, ein paar aneinandergereihte Metaphern, in pathetischem Tonfall vorgetragen. Frank Falke war versucht, auf die Uhr zu schauen, wagte es jedoch nicht, um Ingmar Hagedorn nicht zu verletzen, der voller Bewunderung seinen Kollegen lauschte. Falke sah sich um, stellte fest, dass all seine Pensionsnachbarn auf der Veranstaltung anwesend waren. Ich bin in eine Dichterhöhle geraten, dachte er lachend. Inzwischen hatte die letzte Dichterin das Podium betreten, auch sie ein Gast der Pension. Zugleich war sie eine der beiden Frauen, deren Gespräch Frank Falke unfreiwillig auf der Fähre mit angehört hatte. Er war überrascht gewesen, sie in der Pension wiederzufinden. Sybille Marxen hieß sie, wie im Programmablauf zu lesen war. Frank Falke versuchte, sich auf das von ihr vorgetragene Gedicht zu konzentrieren, schweifte erneut mit seinen Gedanken ab. Er war im Urlaub. Er hatte Zeit. Warum nicht hier sitzen und verantwortungslos diesen Dichtern zuhören? Nichts Wichtiges wartete auf ihn, musste erledigt werden, keine Zeit, die drängte. Einmal ganz woanders sein, auf einer Insel, umgeben vom Meer. Da war die Pension, Frau Boysen mit ihrer Herbheit, hinter der aber ein weicher, sympathischer Kern spürbar war. Der Spaziergang in den Dünen, die Begegnung mit Ingmar Hagedorn, den er spontan in sein Herz geschlossen hatte. Er sah wieder zum Podium.

Einfalt erfundener Worte,
Die man hinter Türen spricht,
Aus Fenstern und gegen die Mauern,
Gekalkt mit geduldigem Licht.

Sybille Marxen verbeugte sich. Die Veranstaltung war zu Ende, das Publikum applaudierte. Frank Falke befürchtete, dass Zugaben verlangt würden, wurde jedoch angenehm enttäuscht. Man erhob sich, strebte dem Ausgang zu. Einige wenige blieben an den Büchertischen stehen, die an den Seiten aufgestellt waren.

„Hat es Ihnen gefallen?“

„Ja.“ Frank Falke hatte kein Bedürfnis, Ingmar Hagedorn zu verletzen.

„Wir sitzen noch ein wenig zusammen, die Schriftsteller, meine ich. Vielleicht hätten Sie Lust, auch noch ...“

„Ah, Hagedorn, Sie kommen doch noch mit uns?“ Dr. Schneiber kam auf sie zu, deutete auf die Bar, die sich an den Vortragsraum anschloss, bemerkte Frank Falke. Ingmar Hagedorn stellte ihn vor.

„Ein Bewunderer der Lyrik. Wie schön, dass es so jemanden noch gibt. Was sind Sie von Beruf, Herr Falke?“

Die Frage traf ihn völlig unvorbereitet. „Pastor", antwortete er wahrheitsgemäß, ohne nachzudenken, ärgerte sich aber sofort darüber.
„Ein Pastor, na das ist ja etwas Besonderes. Wissen Sie, ich habe schon einmal einen Pastor kennengelernt. Das war während meines Studiums. Er schrieb ebenfalls Gedichte. Wir spürten beide diese Berufung in uns. Was später aus ihm geworden ist, weiß ich gar nicht. Wussten Sie übrigens, dass ich auch religiöse Werke geschrieben habe? Kommen Sie mit, ich zeige Ihnen einmal das Buch."
Dr. Schneiber drängte ihn in Richtung Büchertisch.
„Hier ist es." Dr. Schneiber zeigte auf ein Buch, dessen Einband von Narzissen geziert wurde. *Osterkelche – Blütentraum* war der Titel. „Sehen Sie, Pastor ... Wie war noch einmal Ihr Name? ... Pastor Falke, dieses Erlebnis der Natur, das ist für mich wahre Religion. Auferstehung, wie sie sich im Universum des Lebens abzeichnet. Die Spuren Gottes finden in der kleinsten Blüte. Das wird Sie doch sicher auch interessieren. Und ohne Ihnen nahetreten zu wollen, ich brauche nicht am Sonntag in die Kirche zu gehen, um Gott zu finden. Was ich wirklich möchte ..."

V.

„Möchten Sie noch ein Glas Wein?"
Detlef Knapproth hielt die Weinflasche in der Hand, lächelte Kattrin Engels zu. Sie lächelt zurück, registrierte er beglückt. Sie saßen zusammen in der *Entenschnack-Bar* des *Hotel Hüttmann*. Am Nachbartisch lachte jemand. Jetzt am Abend war der Raum voll besetzt, neben den Schriftstellern hatten sich zahlreiche andere Gäste eingefunden. Mit ihm am Tisch saßen Kattrin Engels, die Marxen, Schmidt, Hagedorn und Schneiber. Schneiber hatte auch noch den anderen Gast aus der Pension Deichkrone mitgebracht, einen Pfarrer Falke.

„Oh danke, ja.“ Kattrin Engels hielt ihm ihr Weinglas entgegen.
„Ich möchte auch noch ein Glas. Ich denke“, Dr. Schneiber wandte sich wieder der Gruppe zu, „wir können mit dem Abend zufrieden sein. Obwohl, es hätten doch ein paar mehr sein können. Insbesondere junge Leute. Leider ist es ja so ...“
„Ich fand es gut.“ Sybille Marxen strahlte. „Es war meine erste Lesung und das vor so vielen Leuten.“
„Das bin ich gewohnt.“ Detlef Knapproth ergriff das Wort, lächelte erneut Kattrin Engels zu, wandte sich an die anderen. „Bei meiner Lesung im Gottorfer Schloss mussten sogar noch Stühle dazugeholt werden. Der Saal war voll. Ich las aus meinem neuen Buch *Menschenlust,* in den *Kieler Nachrichten* gab es eine Rezension, vielleicht haben Sie sie gelesen. Das Buch ist ein Renner, da können die Kritiker sagen, was sie wollen. Aber noch mal zu meiner Lesung in Schloss Gottorf, im Prinzenpalais – es bringt einfach mehr Freude, vor einem vollen Haus zu lesen als vor leeren Stühlen, wie es einigen bedauernswerten Kollegen immer wieder passiert. Doch das ist eben auch eine Sache des Könnens. Ich ...“
„Im Gottorfer Schloss waren Sie doch nur Vorprogramm. Als kulturelle Beilage.“ Dr. Schneibers Tonfall entbehrte nicht einer gewissen Bissigkeit. „Hinterher kam das eigentliche Programm.“
„Ich ...“
„Stimmt es?“
Das ist wieder typisch Schneiber, dachte er. Er wusste, warum er Schneiber nicht ausstehen konnte. „Es gab noch andere Programmpunkte, das ist wahr, aber ...“
„Mir hat Ihr letztes Gedicht gefallen, Frau Marxen.“ Lorenz Schmidt meldete sich zu Wort. „Trotz Ihres Lebenswandels. Präzise ...“
„Was soll das heißen?“ fuhr Kattrin Engels dazwischen.
„Das wissen Sie ganz genau, Frau Engels. Und heute Morgen haben Sie mich beinahe überfahren.“

„Ich habe mich entschuldigt. Es war ein Versehen. Außerdem glaube ich kaum, dass du ein Urteil über unseren *Lebenswandel* abgeben kannst. Albernes Wort. Außerdem“, sie grinste, „er macht sogar Spaß, Lorenz.“
„Sehr richtig!“ pflichtete Detlef Knapproth ihr bei, bemerkte erst hinterher, was er gesagt hatte. Kattrin Engels warf ihm einen amüsierten Blick zu. Trotzdem, in dem Blick hatte Anerkennung gelegen. So also musste man mit ihr umgehen. Er leerte sein Weinglas in einem Zug. Und Schmidt sollte lieber vorsichtiger sein mit seinen Worten. Die Engels war zu allerlei fähig, wenn man sie reizte. Eigentlich müsste Schmidt das auch wissen. So lange her war die Geschichte nun wirklich nicht. Und dabei konnte er Schmidt sogar ein wenig verstehen. Es war einfach nicht fair, so mir nichts, dir nichts auf die andere Seite zu wechseln. Was die Engels brauchte, war ein richtiger Mann. „Sehr richtig!“ fügte er noch einmal hinzu.
„Unsinn! Ich weiß genau, wovon ich rede: von *Ihrem* Lebenswandel.“ Mit moralischem Impetus erhob Lorenz Schmidt seinen Zeigefinger.
Auch wenn er Recht hatte, Schmidt war dumm. Schmidt erinnerte ihn an einen Schulkameraden, Jens hatte er geheißen. Wann immer etwas nicht richtig war, wann immer es etwas zu verpetzen gab, Jens hatte es getan. Einmal hatten sie auf dem Schulweg beim Bäcker Kuchen geklaut und Jens hatte es prompt dem Klassenlehrer gemeldet. Prügel hatte es dafür gegeben. Und sie hatten sich nicht einmal getraut, es Jens auf dem Heimweg zurückzuzahlen. Heute wäre das anders, dachte er selbstgefällig. Heute würde er zurückschlagen. Schmidt war so ein Jens, immer korrekt, unausstehlich, die wandelnde Moral. Eklig, dabei war er noch nicht einmal tiefsinnig. Richtig war, was man ihm sagte, das Gesetz oder das Volksempfinden. Wahrscheinlich wäre er ein guter Nazi geworden.
Detlef Knapproth trank sein Glas mit einem Schluck leer, goss sich erneut ein. Schmidt dozierte immer noch. „Verzeihen Sie bitte, Frau Marxen, aber Ihr Lebenswandel ist einfach unnatür-

lich. Wider die Natur. Und wenn Sie schon so triebhaft sind, dann bitte nicht in der Öffentlichkeit. Ich bin nicht allein mit dieser Meinung. Ich verstehe da auch den Gesetzgeber nicht. Ich würde jedenfalls jemanden wie Sie nicht trauen. Ich würde mich weigern."

„Das verlangt niemand von dir, Lorenz. Von dir sowieso nicht." Kattrin Engels faltete ihre Hände zusammen, ließ die Gelenke knacken. „Jetzt halt gefälligst deinen Mund! Und lass Sybille in Frieden!"

„Die Zeiten sind doch längst vorbei, wo leben Sie denn, Herr Schmidt?" Dr. Schneiber versuchte zu schlichten. „Eine konservative Beamtenseele, unser Schmidt. Immer korrekt, immer den alten rechten Pfad, nicht wahr, Herr Kollege?"

„Ich bin stolz darauf, Beamter zu sein. Ich weiß nicht, was es daran auszusetzen gibt."

„Ich schon!" hakte Kattrin Engels böse nach. „Einiges. Und so einer wie du traut Leute."

„Genau. Ich bin Standesbeamter." Lorenz Schmidt wandte sich den anderen zu. „Recht und Ordnung, Herz und Verstand. Im Dienst bin ich mit der Lyrik in Berührung gekommen. Ich habe Gedichte für Trauungen geschrieben. Später habe ich dann die Berufung zu Höherem in mir gefühlt. Etwas, das der Herr Pastor in seinem Amt sicher auch kennt."

„Nun, so nicht."

„Nein?" Lorenz Schmidt zog die Augenbrauen hoch. „Wie können Sie dann Pastor sein?"

„Ach ..."

Detlef Knapproth hörte nicht zu. Was wusste Schmidt schon von Berufung? Der war ja nicht mal in der Lage, seinen Beruf vernünftig auszuüben. Er hatte da schon einiges gehört. Und auch von diesem Pfarrer war nicht viel zu erwarten. Er warf Kattrin Engels einen verstohlenen Seitenblick zu. Sie sah verdammt gut aus. Und zornig sogar noch besser. Was sie bloß mit diesem Mutti-Typ von Marxen zu tun hatte! Die Marxen wirkte unglücklich, sah Schneiber an, der auf sie einredete.

„Ich fand Ihre Gedichte jedenfalls gut, Frau Marxen." Dr. Schneiber wirkte richtig väterlich. „Wenn man bedenkt, dass dies Ihr erster Gedichtband ist. Obwohl mich Ihr letztes Werk an irgendetwas erinnert. Ich komme nicht darauf, aber vielleicht fällt es mir noch ein."
„Krolow." Lorenz Schmidt unterbrach abrupt sein Gespräch mit Pastor Falke, schaltete sich ein. „Jetzt weiß ich es. Ihr Gedicht, Frau Marxen, wies mich auf Krolow hin. Ich werde zu Hause einmal nachsehen."
„Karl Krolow." Dr. Schneiber nickte nachdenklich. „Eine Ähnlichkeit im Stil scheint mir. Doch das ist schnell gesagt."
„Sie hat abgeschrieben!" Lorenz Schmidt kicherte, lachte hemmungslos. „Geben Sie´s zu, Sie haben abgeschrieben. Unter uns können Sie es ruhig sagen, wir sind ja allein."
„Aber ..." Bestürzung zeigte sich auf Sybille Marxens Gesicht. „Aber ..."
„Wir sind nicht unter uns." Dr. Schneiber unterbrach sie herb, deutete auf den Pfarrer, den er mitgebracht hatte.
„Ach ja, wir haben ja einen Pfarrer dabei." Detlef Knapproth griff nach seinem Weinglas, stellte verärgert fest, dass es leer war, ebenso die Weinflasche. Er wandte sich an Frank Falke. „Wie hat es Ihnen gefallen?"
„Ja ..." Frank Falke schien verlegen. „Ich verstehe wenig von Gedichten. Der Abend war nett, überhaupt die Insel hier."
„Was ist an dieser Insel schon Besonderes?" Die Antwort machte Detlef Knapproth wütend. Der Mann verstand nichts von Gedichten, nett wie diese Insel ... Nun ja, es waren ja auch nicht seine Gedichte gewesen. Und diese Insel, na ja ... Er breitete ergreifend die Arme aus. „Amrum, na und? Portugal müssten sie mal sehen, die Algarve, das ist eine Küste. Dann die Costa Dourada direkt daneben, ein Naturschauspiel: schwarze Berge, die sich ins Meer stürzen, die riesigen Wogen des Atlantiks – dagegen ist diese Insel nichts."
„Portugal ist dreckig." Lorenz Schmidt meldete sich kurzatmig zu Wort. „Die Autofahrer sind ungezogen. Und manche Deut-

sche auch. Die guten Manieren sollten überall gelten, nicht nur zu Hause. Hier in Deutschland ist das ..."
„Waren Sie schon einmal an der Algarve, Herr Pfarrer?"
Frank Falke schüttelte den Kopf, während Ingmar Hagedorn neben ihm unbeholfen nickte. Detlef Knapproth winkte ungeduldig nach dem Ober, bestellte eine weitere Flasche Wein.
„Ich mag diese Insel." Lorenz Schmidt widersprach. „Alles ist akkurat und sauber, die Häuser sind ordentlich ..."
„Vergessen Sie nicht den herben Charme der Amrumer. Wenn ich da nur an unsere Wirtin Frau Boysen denke. Die tun so, als ob ihnen die Insel gehört und man als Tourist nur geduldet ist. Dabei leben die von uns. Ohne Touristen wäre doch hier alles tot. Mausetot."
„Ich bin gern hier." Kattrin Engels lachte. Ihr Zorn war verraucht. „Ich mag den Menschenschlag, mit dem man erst warm werden muss. Ich glaube, die könnten auch ganz gut ohne uns leben. Und ich mag das Meer, das Watt, die Bewegung von Ebbe und Flut, den Kniepsand, die Dünen ..."
„Ja, das Watt ist schön." Detlef Knapproth schaute sie an, spürte erneut seine Begehrlichkeit. Ihr feuerrotes Haar, diese Brüste, diese Hüften, sie sah wirklich verdammt gut aus. Natürlich hatte er Chancen. Es sah wirklich danach aus. Bei dieser Art Frauen wusste man das zwar nie so genau. Aber warum nicht mit einem Mann? Im Grunde genommen wollten sie das doch alle. Und sie war ja auch nicht immer so gewesen. Der Streit mit Lorenz Schmidt war doch zum Lachen!
Der Ober brachte den Wein.
„Danke. Ja, das Watt, ein Erlebnis. Und das Meer ist herrlich. Ich war ja schon zweimal auf der Insel. Eine schöne Insel. Vielleicht sollten wir mal zusammen einen Ausflug machen. Wissen Sie was, ich lade Sie zur Wattwanderung ein."
„Ich kann den *Öomrang Ferian* empfehlen. Das ist der Heimatverein auf der Insel." Dr. Schneiber erhob sich. „Die machen auch Führungen. Ich bin gleich wieder zurück." Er eilte beflissen davon.

„Seltsamer Name."
„Das ist Friesisch. Öömrang ist der friesische Name von Amrum. Und Ferian heißt: Verein. Friesisch ist eine eigene Sprache. Wie das Plattdeutsche, mit dem es aber nichts zu tun hat." Wie so oft hatte Lorenz Schmidt etwas Steifes, Dozierendes an sich. „Das Friesische ist mit dem Englischen verwandt, obwohl es nicht so scheint. Hier auf der Insel wird es einer Untersuchung nach noch viel gesprochen. Laut dieser Untersuchung kann die Hälfte der Amrumer noch Friesisch sprechen. Der bekannteste Dichter in Friesischer Sprache ..."
„Eine Führung wäre schon interessant." Kattrin Engels nippte an ihrem Weinglas. „Wir könnten ja alle zusammen daran teilnehmen."
„In kleinen Gruppen ist es interessanter. Ich kann Ihnen auch viel zeigen. Wie gesagt, ich kenne die Insel."
„Das Watt ist gefährlich – und wenn Sie erst zweimal auf der Insel waren ..."
„Was wollen Sie damit sagen, Pfarrer Falke? Glauben Sie, ich werde jemanden in Gefahr bringen?"
„Ich glaube, ich hätte Angst." Ingmar Hagedorns schüchterne Stimme war kaum zu hören. „Wenn das Wasser so plötzlich zurückkommt. Ich weiß nicht, da hat es schon oft Unfälle gegeben, glaube ich."
„Ach was. Darauf achtet man doch. Und wie ich schon sagte, ich würde nie jemanden in Gefahr bringen." Detlef Knapproth ergriff Kattrin Engels Hand. Sie hat nicht einmal gezuckt, registrierte er zufrieden. Visionen von Lust kamen nahe. „Zumindest niemanden, den ich mag, Frau Engels. Bei anderen hingegen ... Ah, Dr. Schneiber", er kicherte, „wir sprachen gerade von Ihnen." Er musste noch mehr kichern, sah, wie der Pfarrer einen Blick auf die halb leere Weinflasche warf. Blöder Heini, dachte er plötzlich, nur weil er sich selbst kein Vergnügen gönnt!
„Ah ja." Dr. Schneiber wirkte irritiert, setzte sich, sah ihn verärgert an. „Ah ja ..." Er wandte sich an die Runde. „Ich habe

hier den Plan für die Lesungen der nächsten Tage. Wenn Sie vielleicht einen Blick darauf werfen wollen." Dr. Schneiber verteilte die Blätter. Kattrin Engels zog ihre Hand zurück, ergriff das Blatt. „Das meiste hatte ich Ihnen ja bereits schriftlich mitgeteilt. Einige Änderungen sind jedoch notwendig geworden. Kollegin Derbolt ist erkrankt und ..."
„Richten Sie ihr gute Besserung aus von uns."
„Ja, danke. Also, Frau Derbolt fällt aus und die Kollegen Hansen und Rietmann können aus beruflichen Gründen nicht kommen. Ich habe daher das Programm neu zusammengestellt. Wie Sie sehen, Frau Engels, sind Sie jetzt ..."
„Ich bin am letzten Tag dran", stellte Detlef Knapproth verärgert fest.
„Ja, gewissermaßen als Höhepunkt."
„Wenn keiner mehr kommen mag, meinen Sie. Das ist wieder typisch für Sie, Schneiber. Wenn einer mal ein bisschen mehr Erfolg hat, dann ..."
„Also jetzt reicht es mir, Knapproth, Ihre ewigen Sticheleien. Reißen Sie sich zusammen. Und trinken Sie nicht so viel!"
„Ich ..." Das durfte doch nicht wahr sein! Was bildete der Mann sich eigentlich ein. So eine Unverschämtheit! Seine Hände ballten sich zu Fäusten. Er hatte Mühe, nicht aufzuspringen. Röte schoss ihm ins Gesicht. „Ich ... Sie ... Sie erfolgloser Schreiberling, Sie!"
Plötzliche Stille entstand am Tisch, niemand sagte etwas. Detlef Knapproth spürte, wie ihn alle anstarrten.
„Das werden Sie bereuen, Knapproth." Dr. Schneibers Finger trommelten auf die Tischkante. Eine harte Stimme. „Sehr bald sogar, auf mein Wort."
„Ich bin auch am letzten Tag dran", stellte Kattrin Engels sachlich fest. „Wir lesen zusammen, Herr Knapproth."
„Wie? Oh ja, das ist etwas anderes."
Jemand lachte.

VI.

Kattrin Engels lachte. „Das war doch etwas anderes.“
„Was soll das heißen“, Sybille Marxen schluckte, „das ist etwas anderes?“ Sie saß vor dem Frisierspiegel und kämpfte mit den Tränen. Ihr im Rücken saß Kattrin auf dem ungemachten Bett, knöpfte sich die Bluse zu. Sie konnte sie im Spiegel beobachten. Es war Sonntagmorgen kurz vor halb zehn, vor einer halben Stunde erst waren sie aufgestanden.
„Den ganzen Abend hast du mit diesem Widerling rumgemacht.“ Ihre Tränen flossen nun doch. „Wollen wir eine Wattwanderung machen, Frau Engels? Wie schön, dass wir zusammen lesen, Frau Engels.“ Heftiges Schluchzen unterbrach ihren Wortschwall. „Und ... und du hast ihm zugelächelt. Ihn ermuntert. Seine Hand gehalten. Zum Schluss ...“ Ihre Stimme wurde brüchig, brach ab, verfloss.
„Aber Sybille!“ Kattrin kam auf sie zu. Sie spürte die Hand ihrer Freundin auf der Schulter. „Sybille. Du glaubst doch wohl nicht im Ernst, dass ich mir aus dem etwas mache! Es hat mir Spaß gemacht ...“
„Spaß gemacht!“ Ein neuer Tränenschwall raubte ihr die Stimme. „Eben, eben ...“
„Sybille.“ Kattrin Engels fasste sie an der Schulter, drehte sie herum, küsste sie auf die Wange. „Nicht doch, Kleines! Weißt du, Männer wie er halten sich für unwiderstehlich. Dabei ist er im Grunde genommen ein armes Schwein. Wusstest du, dass er vor jedem Literatentreffen heimlich seinen Ehering abnimmt? Ich möchte nicht wissen, wie das bei ihm zu Hause aussieht.“ Nur langsam drangen die Worte zu ihr durch. „Der ist echt in Not, das spürt man doch. Sybille, merkst du nicht, dass der hinter allem her ist, was einen Rock anhat? Der würde selbst mit einer Oma oder einem kleinen Mädchen ins Bett gehen. Hauptsache, er kommt mal an. Und da hat es mir halt Spaß gemacht, ihn auflaufen zu lassen. Hast du sein Gesicht gesehen, als ich ihm seinen Mondspaziergang verweigert habe

und mit dir im Arm weggegangen bin? Das war das Vergnügen wert. Du glaubst doch nicht im Ernst, dass ich an dem irgendetwas finde."

„Wirklich nicht?" Die Tränen versiegten.

„Wirklich nicht."

Sie ergriff Kattrins Hand, streichelte sie sehnsüchtig. „Du darfst mich nicht so ängstigen."

„Versprochen." Kattrin gab ihr einen Kuss. „Ehrlich, es tut mir Leid. Und nun komm, lass uns frühstücken, wenn wir überhaupt noch Frühstück bekommen."

„Gleich." Sie wandte sich dankbar dem Friseurspiegel zu, sah erschrocken die verlaufene Wimperntusche, die geröteten Augen, begann hastig ihr Make-up zu korrigieren. Ihre Freundin wandte sich ab, ging zum Fenster, sah hinaus auf das Marschland. Die Sonne schien, spiegelte sich auf dem Wasser hinter dem Deich.

Oh Kattrin, dachte Sybille Marxen, du darfst nicht mit mir spielen. Bitte nicht, das würde ich nicht ertragen. Sie erinnerte sich genau, wie sie einander zum ersten Mal begegnet waren. Kattrin war als Kundin in ihren Friseursalon gekommen. Das war zu der Zeit, als sie mit ihrem Mann bereits über eine Trennung nachdachte. Sie sah Kattrin vor sich, wie sie auf dem Frisierstuhl Platz genommen hatte, unbefangen, fröhlich, lebhaft. Und sie erinnerte sich, wie sie gleich etwas gespürt hatte, was sie nicht einordnen konnte, wie sie sich hingezogen fühlte zu ihr, ohne es zu verstehen. Später, als ihr bewusst wurde, was mit ihr vorging, hatte sie versucht es zu verdrängen, später sich dafür geschämt. Schließlich hatte sie zwei erwachsene Kinder, hatten ihr Mann und sie vor wenigen Jahren Silberhochzeit gefeiert. Und nun das. Aus heiterem Himmel. Glück und Gnadenlosigkeit zugleich. Irgendwann dann hatte sie ihrem Sehnen nachgegeben. Und Kattrin hatte sie mit offenen Armen aufgenommen. Das war vor mehr als einem Jahr gewesen. Und bei allem Glück wusste sie immer noch nicht, was mit ihr geschah. Sie konnte Schmidt und seine hässlichen Reden am gestrigen Abend gut verstehen, noch vor wenigen Jahren hatte sie seine Meinung über homosexuelle Paare geteilt, waren ihr lesbische Beziehungen als etwas Abstoßendes und Ekliges erschienen. Auch wenn sie natürlich nie so taktlos gewesen wäre, dies laut zu sagen. Aber nun ... Wenn Kattrin sie nur nicht verließ! Das fürchtete sie am meisten, nach all dem fallen gelassen zu werden, wieder allein zu sein, diesmal ganz allein.

„Bist du fertig?" Kattrin Engels hatte sich wieder auf das ungemachte Bett gesetzt. „Komm, denk nicht mehr daran. Es tut mir wirklich Leid." Sie stand auf. „Nun machen wir uns einen schönen Tag. Versprochen."

„Oh ja." Sie beendete ihr Make-up, warf einen letzten prüfenden Blick in den Spiegel, erhob sich. Kattrin schminkt sich nie, dachte sie. Aber Kattrin hatte das auch nicht nötig. Sie verließen das Zimmer, gingen die Treppe zum Gästeraum hinunter.

„Oh Entschuldigung!" Ein junges Mädchen rempelte sie an, presste sofort ängstlich die Finger auf den Mund. „Psst! Bitte verraten sie mich nicht!"

„Nein. Warum?"

„Danke!" Das Mädchen glitt zur Tür hinaus.

„Wer war das denn?" Sybille Marxen hatte sich von ihrer Überraschung noch nicht wieder erholt.

„Keine Ahnung." Ihre Freundin rieb sich den Arm, gegen den das Mädchen gelaufen war.

„Hast du gesehen, wie die aufgemacht war? Als ob sie in den Schminktopf gefallen ist. Und diese unmöglichen Klamotten. Die jungen Mädchen wissen einfach nie, was ihnen steht. So anmachend, weißt du. Und mit der Schminke – ich habe meiner Tochter immer gesagt, mit Make-up muss man vorsichtig umgehen." Sie lachte. „Davon versteh ich schließlich was. Aber mit sechzehn meint man immer, je dicker, desto besser. Und mit den Sachen ist das genauso."

„Die ist noch keine sechzehn." Kattrin schüttelte den Kopf. „Dreizehn vielleicht, vielleicht auch zwölf. Älter nicht."

„Bist du sicher? Bei dem, was sie an hatte?“
„Bestimmt. Manchmal bist du so aus der Welt. Wahrscheinlich hat sie ihr erstes Rendezvous mit ihrem ersten Freund. Irgend so etwas, das möchte ich wetten. Komm, ich habe Hunger.“
„Ah, da sind sie ja.“ Die Wirtin, Frau Boysen, kam um die Ecke. „Sie können von Glück sagen, dass Sie noch Frühstück bekommen. Eigentlich ist Frühstück ja nur bis neun. Aber“, sie lachte, „heute ist Sonntag. Geradeaus, es steht alles bereit. Guten Appetit.“
„Danke.“ Sie betraten den Gästeraum, vier Tische in einem großzügigen Erker, von Fenstern umgeben. An einem der Tische saßen Ingmar Hagedorn und der Pastor, den sie gestern Abend kennengelernt hatten. Daneben, einen Tisch weiter, stand ihr Frühstück bereit.
Sie begrüßten einander.
„Einen schönen Sonntag.“ Pastor Falke erhob sich.
„Der muss zur Kirche.“ Sybille Marxen lachte. „Ein Pastor muss sonntags immer zur Kirche.“
„Ich glaube, da wollte er hin.“ Ingmar Hagedorn lächelte scheu, erhob sich ebenfalls. „Bis heute Abend. Einen schönen Tag wünsche ich Ihnen.“
Sie waren allein. Dampfender Kaffee, Frühstücksei und frische Brötchen, der Tag konnte beginnen.
„Und was machen wir nun?“
„Die Lesungen sind erst heute Abend, bis dahin haben wir Zeit. Die Vereinsversammlung ist erst am Dienstag. Wie wäre es mit einem Strandkorb? Das Wetter sieht gut aus. Einfach faulenzen, in der Sonne liegen, baden. Ist das nichts?“
„Oh ja. Ich war noch nie auf Amrum.“
„Amrum ist schön.“
„Weißt du, Kattrin ...“ Etwas ging ihr durch den Kopf. Sie bestrich ihr Brötchen mit Butter, griff nach der Marmelade. Etwas war ihr aufgefallen. Gestern Abend, der Streit mit Schmidt ... „Kennst du den Schmidt eigentlich genauer? Was er zu uns gesagt hat und wie böse er war. Schon auf dem Schiff irgend-

wie. Und gestern Abend auch. Hast du seine Blicke gesehen?“ Innerlich schüttelte sie sich. Marmelade tropfte an ihrem Finger herab. „Und dann ... Du hast ihn geduzt.“
„Ja.“ Kattrin erstarrte für einen Augenblick, legte das Brötchen, von dem sie gerade abbeißen wollte, wieder auf den Teller, wandte sich ab. „Oh ja.“ Sie blickte zum Fenster hinaus. Täuschte sie sich oder grinste Kattrin wirklich?
„Ja.“ Kattrin gab sich einen Ruck, wandte sich ihr wieder zu. „Ich kenne ihn. Ich erzähle es dir später mal. Durch ihn bin ich in den Verein gekommen.“ Sie machte ein nachdenkliches Gesicht. „Und jetzt habe ich dich in den Verein gebracht.“
„Meine erste Lesung gestern. Und so viele Zuhörer.“
„Nein, Sybille, nein. Mach dir lieber keine Illusionen, Kleines.“ Kattrin schüttelte heftig den Kopf. „Es täte mir Leid um dich. Wer sind wir denn? Kleine Hobbyschriftsteller, die ihre Bücher zu Hause liegen haben. Du hast auch dem Verlag 10.000 DM zahlen müssen, damit er dein Buch druckt. Bei den anderen ist das kaum anders, bei den meisten jedenfalls. Wir sind keine Bestsellerautoren. Aber gierig sind wir alle, nach Erfolg, nach Anerkennung. Und neidisch, ja. Ich auch, befürchte ich.“ Kattrin langte über den Tisch, ergriff ihre Hand, streichelte sie. „Pass auf dich auf, Kleines.“
„Ja.“ Sie begannen erneut zu essen. Sybille Marxen fühlte eine unausgesprochene Spannung im Raum. Warum hatte Kattrin über Schmidt nicht reden wollen?
„Sag mal, was war das eigentlich gestern Abend, die Geschichte mit Krolow“, unterbrach ihre Freundin die Stille.
„Wieso?“
„Na ja, dass du abgeschrieben hast.“
„Haben Sie meine Enkelin gesehen?“ Frau Boysen stand in der Tür. Mit blauer Küchenschürze sah sie noch voluminöser aus.
„Ich ...“ Kattrin trat ihr unter dem Tisch gegen das Schienbein. „Nein. Wir haben niemanden gesehen.“
„Na dann ... Jessica ist ein paar Tage bei uns. Meine Enkelin, na dann ...“ Sie drehte sich um und ging.

„Verrat doch das Mädchen nicht.“ Kattrin lachte, machte sich über den Kaffee her. „Ihr erstes Rendezvous, nehme ich an. Und diese Geschichte mit Krolow ...“
„Ich habe gedacht, das merkt keiner.“
„Wie bitte?“ Kattrin wäre fast die Kaffeetasse aus der Hand gefallen. „Wie bitte? Du hast tatsächlich ...“
„Guck nicht so böse. Ich meine, wer kennt den schon? Ich hatte zufällig ein Gedicht von ihm ... Es sind ja nur vier Zeilen.“
„Sybille!“ Sie zuckte zusammen unter der schneidenden Stimme ihrer Freundin. Kattrin stand auf, begann auf und ab zu gehen. „Sybille, bist du verrückt? Wie konntest du nur? Ein Plagiat, Diebstahl geistigen Eigentums. Ist dir eigentlich klar, dass darauf Gefängnis steht, bis zu drei Jahren? Im schlimmsten Fall jedenfalls.“
Sybille schaute Kattrin entgeistert an, begann krampfhaft zu schlucken.
„Und Karl Krolow“, fuhr die Freundin unbarmherzig fort, „einer der bedeutendsten Lyriker der Nachkriegszeit. 1956 erhält er den Georg-Büchner-Preis, 1972 wird er Präsident der Deutschen Akademie für Sprache und Dichtung, Träger des Rainer Maria Rilke Preises – und du meinst, den kennt keiner. Wie bist du nur ...“
„Meinst du, Schneiber wird mich anzeigen?“ Sie versuchte sich am Stuhl festzuhalten. Trotz stieg in ihr auf. Alles nur wegen ein paar Zeilen!
„Vergiss Schneiber. Lorenz ist das Problem.“
„Lorenz?“
„Schmidt meine ich.“ Kattrin beendete ihre unruhige Wanderung. „Ich werde mit ihm reden.“ Sie setzte sich wieder. „Tut mir Leid, Kleines. Aber ich krieg das in Ordnung, glaub mir.“
Ein Gedanke kam Sybille in den Sinn. Mehr als ein Verdacht. Sie sah Kattrin fest an. „Du hattest etwas mit ihm. Mit Schmidt. Sei ehrlich. Ausgerechnet mit Schmidt!“ Empörung flutete über sie hinweg, Eifersucht. „Mit Schmidt! Und nenn mich nicht immer Kleines, ich bin älter als du!“

VII.

„Zugeben, der Text ist alt. Aber ist es nicht immer noch so, liebe Gemeinde“, der Pastor hinter dem kleinen Redepult hob beschwörend seine Hände, „dass wir das Wort des Apostels Paulus nur mit einer gewissen Empörung im Herzen hören können, wenn er von uns sagt ...“

Frank Falke fiel es schwer, zuzuhören. Empörung spürte er keine. Er wusste, dass er kein guter Predigthörer war, dass er es nicht schaffte, sich von seiner eigenen Situation als Prediger zu distanzieren, dass er unbewusst Vergleiche anstellte, aber dennoch ... Der Kollege, der hier in der Norddorfer Kirche soeben mit seiner Predigt begonnen hatte, machte ihm das Zuhören schwer. Soviel Frank Falke wusste, wurde der Sonntagsdienst in Norddorf von Urlaubspastoren wahrgenommen, die einige Wochen Urlaub auf der Insel mit einigen Tagen Dienst in der Woche verbanden. Offensichtlich hatte der Kollege der Versuchung nicht widerstehen können, eine alte Predigt zu nehmen. Frank Falke wandte den Blick vom Prediger ab, einem kantigen Herrn in den Fünfzigern, schaute sich in der Kirche um. Sie war schlicht und schmucklos, eher eine Art Gemeindesaal als eine Kirche, mit Stuhlreihen, ohne Kanzel, stattdessen ein Rednerpult, das sicher auch bei anderen Gelegenheiten benutzt wurde. Der Altar war einfach, rechts vorne stand jedoch an seinem traditionellen Platz ein Taufbecken. Es war das einzige alte Stück in der Kirche. Hinter dem Taufbecken befand sich eine Tür, darüber ein Schild: *Notausgang.* Er musste lächeln. Ob man sich über die Doppelsinnigkeit dieser Zusammenstellung bewusst war? Die Taufe als Notausgang ...

Die Kirche war gut gefüllt. Auch dies gehörte anscheinend zu einer Urlaubskirche. Seine leeren Bankreihen zu Hause fielen ihm ein.

„Ja, Liebling.“ Eine Männerstimme, sanft, liebevoll und dennoch unecht. Frank Falke wandte den Kopf überrascht zur Seite. Ihm zur Linken saß eine alte Frau auf dem Stuhl, das Gesangbuch fest in der Hand. Ein Diamantring blitzte an ihrem Finger, bildete einen sonderbaren Kontrast zu dem abgegriffenen Gesangbuch.

Einen Platz weiter saß ein Mann seines Alters, vielleicht etwas älter, Mitte bis Ende Vierzig, mit kurzem, pomadigem Haar. Der Mann neigte sich der alten Frau zu, küsste sie auf die Wange. Die alte Frau lächelte. Ihr Haar war schneeweiß. Fast zwanzig Jahre Altersunterschied schienen zwischen den beiden zu liegen.

„... denn die Liebe ist eine Gottesgnade." Der Pastor gestikulierte eindringlich mit seinen Händen. „Nicht wir machen die Liebe, sondern Gott schenkt sie uns. Lebten wir nur aus uns selbst, so ..."

Frank Falke versuchte sich wieder auf die Predigt zu konzentrieren, vergebens. Der gestrige Abend mit den Dichtern fiel ihm ein, Schmidts Frage nach seiner Berufung. Unwillkürlich musste er lächeln. Er hatte nie irgendeine Berufung in sich gespürt. Er war durch die Jugendarbeit seiner Heimatgemeinde zur Kirche gekommen, durch den Jugendtreff, den er damals besuchte. Er hatte sich die Frage nach der Berufswahl nicht leicht gemacht, ungläubig und interessiert, wie er war, war im Studium nach und nach in den christlichen Glauben hineingewachsen. Dennoch tauchten ab und an noch Zweifel auf, nicht so quälend wie in den ersten Jahren, aber dennoch vorhanden. Die Geschichte mit Victor Schrader fiel ihm ein, die Frage nach einem bösen Gott.* Er hatte nie eine letztgültige Antwort darauf gefunden. Nein, eine Berufung hatte er nie verspürt.

„Denn Gott ist die Liebe. Amen."

Die Predigt war zu Ende. Die Gemeinde begann zu singen.

„Ich singe dir mit Herz und Mund, Herr, meines Herzens Lust ..." sang er mit leiser Stimme mit. Unwillkürlich warf er einen Seitenblick auf das sonderbare Paar neben ihm. Beide sangen mit Inbrunst. Er selbst gehörte nicht zu den begabtesten Sängern, dennoch sang auch er gern. Überhaupt, der Gottesdienst tat ihm gut, trotz der nichtssagenden Predigt. Er hatte von vorn-

* *vgl. »Wer flucht für alle Ewigkeit«*

herein von ihr nicht allzu viel erwartet. Gute Predigten waren selten, das wusste er selbst. Dennoch, geborgen zu sein in Ritus und Gebet, als einfaches Gemeindeglied am Gottesdienst teilnehmen zu können, das war etwas, was er selten erlebte. „Ich gehe nie zum Gottesdienst“, pflegte er manchmal sonntags beim Mittagessen scherzhaft zu Annette zu sagen. Es war einfach etwas anderes, Sonntag für Sonntag Gottesdienst zu gestalten oder ihn zu erleben.

Bald darauf war der Gottesdienst zu Ende. Die Gemeinde setzte sich noch einmal, ein Geigenquartett spielte. Im Anschluss fragte der Pastor die Gemeinde, wer bereit wäre, am nächsten Sonntag den Organistendienst zu übernehmen oder auch anderweitig musikalisch zum Gottesdienst beizutragen. Dem Geigenquartett, auch sie freiwillige Musikanten, wurde gedankt. Auch dies gehört zu einer Urlauberkirche, dachte Frank Falke. Erneut stieg ein wenig Neid in ihm auf.

Fünf Minuten später hatte er die Kirche verlassen, stand auf dem Vorplatz, einem Rasenviereck, durch zwei Wege unterteilt, von Bäumen umgrenzt. Der Wind schien aufgefrischt zu haben, dicke Kumuluswolken zogen über die Insel hinweg. Es war kurz vor elf. Einer spontanen Eingebung folgend, beschloss er, mit dem Bus nach Nebel zu fahren und die eigentliche Amrumer Inselkirche zu besichtigen.

Eine halbe Stunde später stieg er in Nebel aus dem Bus. Einer weiteren Eingebung folgend, war er weiter Richtung Ortsende gefahren, in die Nähe der alten Windmühle. Auf seinem Inselplan hatte er entdeckt, dass der *Friedhof der namenlosen Toten* sich direkt gegenüber der Mühle befand. Ein Friedhof, so hatte er gelesen, auf dem die am Strand angeschwemmten Leichen beerdigt worden waren, die man nicht hatte identifizieren können. Ein namenloser Tod ...

Beinahe hätte er den Friedhof nicht gefunden. Gegenüber der restaurieren Windmühle, die in ihren gelbgrünen Tönen im Sonnenlicht erstrahlte, befand sich auf der anderen Straßenseite ein kleines, von hoher Hecke umgebenes Karree. Nichts wies auf einen Friedhof hin. Frank Falke öffnete die Pforte und ging hinein. Eine Reihe schlichter Holzkreuze zog sich an der Hecke entlang. Auf jedem Holzkreuz war ein Datum eingraviert, mehr nicht. Es war vermutlich nicht einmal der Todestag, sondern der Tag, an dem man die Leiche am Strand gefunden hatte. Ein Gedenkstein in der Mitte trug die Verse Lukas 10, 20: *Freut euch aber, daß eure Namen im Himmel aufgeschrieben sind.*

„Guten Tag, Herr Pfarrer. Berufliches Interesse?"

Frank Falke drehte sich um. Lorenz Schmidt hatte die Einfriedung betreten, Notizblock und Schreiber in der Hand. Man trifft sich hier überall, musste er unwillkürlich denken. Auf dem Weg zum Bus in Norddorf hatte er Detlef Knapproth gesehen, eilig davon hastend, in jeder Hand ein Eis. Und nun hier Lorenz Schmidt. Dabei war die Insel doch gar nicht so klein.

„Berufliches Interesse? Nein." Falke schüttelte den Kopf. „Friedhöfe interessieren mich immer." Er hätte noch hinzufügen können, dass dies schon seit seiner Jugendzeit der Fall war, unterließ es aber. Lorenz Schmidt weckte in ihm nicht das Bedürfnis zu persönlicherem Kontakt.

„Dies hier ist etwas Besonderes. Der Friedhof der namenlosen Toten. Die letzte Ruhestätte derjenigen, die das Meer hier ans Land gespült hat. Aber das wissen Sie wahrscheinlich schon."

Frank Falke nickte. „Und Sie?" Er blickte zu Lorenz Schmidt hinüber, deutete auf Notizblock und Schreiber. „Führen Sie hier Studien durch? Oder suchen Sie jemanden?"

Lorenz Schmidt zögerte. „Ja." Er kam näher. „Ja, ich suche jemand." Er ging langsam an Frank Falke vorbei, weiter die Reihe der Kreuze entlang, blieb schließlich vor einem Holzkreuz stehen. „Sie sind Pastor, nicht wahr? Sie stehen unter dem Beichtgeheimnis."

„Dies ist keine Beichte, oder?"

„Natürlich nicht. Aber ... warum nicht? Ich will Ihnen eine Geschichte erzählen. Mögen Sie zuhören? Die Geschichte beginnt in Hamburg. Im Jahr 1923. Es ist die Zeit der großen

Wirtschaftskrise, Arbeitslosigkeit, Altonaer Aufstand der Kommunisten, na, Sie wissen schon." Ein verächtlicher Zug spielte um seine Lippen. „Unordnung – na ja, der Mann jedenfalls", er zögerte, „ich will ihn ... ihn ... Karl nennen, ja Karl, Karl also ist verheiratet, hat zwei kleine Kinder und ist arbeitslos. Ich glaube, Kommunist war er auch. Aber ... nun, soviel ich weiß, hat ... äh Karl", Lorenz Schmidt schien sich mit dem erfundenen Namen schwer zu tun, „Karl hat schon oft davon gesprochen, auszuwandern. Jedenfalls hat das seine Witwe später zu Protokoll gegeben. Am 2. November ist es dann soweit. Karl ist verschwunden, ebenso fehlt ein Rucksack und einige Wäsche. Ein Brief liegt für seine Frau bereit, in dem Karl erklärt, er werde sein Glück machen und wiederkommen. Seine Frau nimmt an, er ist auf einem Schiff unterwegs nach Amerika. Später wird sich herausstellen, dass sein Name auf keiner Passagierliste jener Tage gefunden wird. Am 12. November des Jahres wird auf Amrum ein männlicher Leichnam angetrieben. Da es keine passende Vermisstenmeldung gibt und die Leiche nicht identifiziert werden kann, wird er als unbekannter Toter beerdigt." Er deutete stolz auf das Holzkreuz. „Hier ist sein Grab. Wahrscheinlich ist er als blinder Passagier auf ein Schiff geschlichen und in der Elbmündung über Bord gefallen. Seine Frau aber ahnt nichts davon. Für sie ist er immer noch unterwegs nach Amerika."
Lorenz Schmidt erhob seinen Zeigefinger. „Nun passiert folgendes: Am 20. November verstirbt völlig überraschend ein entfernter Verwandter von Karl. Der Verwandte ist kinderlos, Karl ist der nächste Angehörige, danach wäre ein Cousin von Karl an der Reihe gewesen. Doch Karl ist ja schon tot, seit über einer Woche ist er auf Amrum begraben. Aber niemand weiß das. Und so erbt Karl, und zwar ein nicht unbeträchtliches Vermögen. Erst zwei Jahre später, nachdem jedes Lebenszeichen von ihm ausbleibt, entschließt sich seine Frau, eine Vermisstenanzeige aufzugeben. Für tot erklärt wird er erst während des Dritten Reiches. Verstehen Sie jetzt?"

„Ja ... Nein.“ Frank Falke schüttelte den Kopf. „Und woher wissen Sie, dass dieser Tote hier Ihr Karl ist?“

„Einer, der als Totengräber geholfen hat, ein junger Amrumer Landwirt, hat Tagebuch geführt. Es war sein erster Toter. In den fünfziger Jahren sind seine Erinnerungen als Heimatliteratur veröffentlicht worden. Seine Beschreibung des Toten deckt sich genau mit der Vermisstenanzeige – Alter, Statur, Haarfarbe, Kleidung. Es gibt keinen Zweifel.“

„Eine interessante Geschichte.“

„Eine Geschichte? Also, dass Sie als Pfarrer so etwas sagen.“ Erneut erhob er seinen Zeigefinger. „Hier ist Unrecht geschehen! Es hat der falsche geerbt. Unrecht, Herr Pastor.“

„Aber Sie wollen doch nicht ... eine so alte Erbschaftsgeschichte wieder ausgraben. Tun Sie das nicht, Herr Schmidt. Davon haben Sie nichts.“

„Wieso ich?“

„Ist Karl kein Verwandter von Ihnen?“

„Natürlich nicht.“

„Und kennen Sie die richtigen Erben.“

„Das muss ich nicht sagen. Sie können sich natürlich ihren Teil denken. Aber so viel will ich Ihnen doch verraten, dass ...“ Urplötzlich hielt Lorenz Schmidt inne. Kattrin Engels war in die Pforte getreten. Frank Falke hatte es nicht bemerkt. Er wusste nicht, wie lange Kattrin Engels schon dort gestanden hatte. Sie grinste, lächelte herausfordernd. Hatte sie Lorenz Schmidts Geschichte gehört? Jedenfalls wirkte er verlegen.

„Guten Tag.“

„Guten Tag“, antworteten sie beide. Lorenz Schmidt neigte sich ihm zu. „Es war Unrecht“, begann er zu flüstern, „allein darum geht es. Unrecht, Herr Pfarrer, Unrecht.“

VIII.

Es war nicht recht. Frauke Boysen schüttelte den Kopf, führte das Bügeleisen energisch am Hosenbein entlang, das auf dem Bügelbrett lag. Sie fühlte sich allein gelassen. Okke hätte sich gefälligst auch ein wenig kümmern können. Dabei sah es ihrem Mann gar nicht ähnlich, so mir nichts – dir nichts zu verschwinden. Sie warf einen Blick nach draußen. Das gute Wetter vom Vormittag hatte sich nicht gehalten, Regenwolken waren aufgezogen. Frauke Boysen schaltete das Bügeleisen ab, stellte es zur Seite. Es war besser, die übrige Wäsche auch noch hereinzuholen, bevor der große Guss anfing. Der Regen würde nicht mehr lange auf sich warten lassen.

Sie ging in den Keller, holte den Wäschekorb. Neben der Waschmaschine lag Werkzeug auf dem Betonfußboden herum. Okke hatte ihr versprochen, den Abfluss zu reparieren. Was war nur in ihn gefahren? Nach dem Mittagessen hatte er sich noch mit einigen Gästen unterhalten, hatte plötzlich sein Fahrrad hervorgeholt und war abgedampft. Na ja, er würde es ihr schon erzählen. Oder auch nicht. Wenn Okke nicht reden wollte, wollte er nicht. Und hoffentlich war er bis zum Kaffeetrinken wieder da. Sonntags tranken sie immer um halb fünf Kaffee.

Sie begab sich nach draußen, begann die Wäsche von der Leine zu holen. Der Himmel sah grau und düster aus, die Sonne war verschwunden. Ein starker Wind blies, die Wäsche knatterte in den Böen. Kein schönes Wetter für die Gäste. Aber so war die Insel nun mal. Wer es nicht mochte, konnte ja zu Hause bleiben.

Sie war jetzt bei den Strümpfen angekommen. Die jungen Mädchen trugen ja diese modernen Strumpfhosen, Leggings hießen die wohl. Das hatte es zu ihrer Zeit noch nicht gegeben. Sie hielt einen Moment inne, blickte über den Zaun. Niemand war zu sehen. Heute war Sonntag. Ach ja, der Sonntag. Sie wusste, dass es sich nicht gehörte, am Sonntag Wäsche zu waschen. Bei Okke mit seiner Bastelei war das etwas anderes, er werkelte immer an irgendetwas herum. Nun ja, heute eben nicht. Thea würde morgen ganz bestimmt ein Geschrei wegen der Wäsche machen. Thea, ihre Nachbarin, war katholisch, auch wenn sie nie zur Kirche ging. Und Thea nahm das auch nicht immer so genau, zum Beispiel mit der Kurtaxe. Erst neulich auf der Versammlung hatte sich der Bürgermeister beschwert, dass von den Vermietern zu viel geschummelt würde. Letztes Jahr im Oktober hatte Thea angeblich keine Gäste gehabt. Von wegen! Und mit der Wäsche ... was sollte sie machen? Maike hatte Jessica einfach einen Koffer voll dreckiger Wäsche in die Hand gedrückt und das arme Mädchen musste doch was zum Anziehen haben. Eigentlich war es ein Unding, das mit der dreckigen Wäsche. Wenn Maike nicht so sehr in Not gewesen wäre ... Und was die jungen Mädchen heute alles anzogen! Alles viel zu eng, zu knallig in den Farben, zu kurz – dabei war Jessica doch noch ein Kind. Mit dreizehn! Sie holte das letzte Wäschestück von der Leine, einen schwarzen BH. Irgendwie, wurde ihr klar, hatte sie den Kontakt zu dem Mädchen verloren. Vor drei Jahren, bei ihrem letzten Besuch, war ihre Enkelin noch so lieb gewesen. Und jetzt? Sie war verunsichert, was Jessica anging, auch wenn sie es sich nicht eingestehen wollte.

Sie wuchtete den schweren Wäschekorb wieder ins Haus, stellte ihn neben das Bügeleisen. Eine Tür klappte.

„Hallo?"

Keine Antwort.

„Hallo?" rief sie noch einmal und bewegte sich zur Treppe.

„Ist da jemand?" ertönte eine Stimme von oben. Es war keiner der Gäste. Wieder klappte eine Tür. Eine hagere Gestalt erschien am oberen Ende der Treppe.

„Was haben Sie hier zu suchen?" Das war eine Frechheit, einfach so in das Zimmer eines der Gäste zu gehen. Na so was!

„Schneiber, Dr. Schneiber." Der Mann kam herunter. „Ich bin Dr. Schneiber, ich wollte zu Herrn Schmidt. Ist er zu Hause?"

„Junger Mann“, sie stemmte ihre Arme in die Hüften, „das ist mein Haus. Und in meinem Haus geht keiner einfach so in die Zimmer meiner Gäste, verstanden? Da können Sie Doktor sein, soviel sie wollen.“

„Es tut mir Leid.“ Dr. Schneiber wirkte sichtlich zerknirscht. „Ich habe mir nichts dabei gedacht..“

„Ist er krank?“ Neugierde kam bei ihr auf.

„Wer?“

„Na, Herr Schmidt. Zu dem wollten Sie doch.“

„Aber ...“ Dr. Schneiber verstand nicht. „Ach so, ich bin kein Arzt. Ich bin der Vorsitzende des *Clubs der Poeten*“, sie machte ein verständnisloses Gesicht, „des Dichtervereins“, fügte er erläuternd hinzu.

„Und dann brechen Sie einfach in mein Haus ein, einfach so? Ohne ...“

„Aber ...“ Ein kurzer Moment des Widerstandes flackerte in Dr. Schneibers Gesicht auf, brach rasch in sich zusammen. „Entschuldigen Sie bitte. Wissen Sie, wo Herr Schmidt ist?“

„Herr Schmidt ist spazieren gegangen.“

„Und die anderen?“

„Wer denken Sie, dass ich bin? Ich stecke meine Nase nicht in die Angelegenheiten anderer Leute und schon gar nicht in die meiner Gäste. Herr Schmidt ist kurz nach zwei aufgebrochen, aber allein, nicht mit Frau Engels, mit der er zurückkam. Wahrscheinlich ist er kurz nach sechs wieder da, sagte er, er wollte um die Odde. Aber vielleicht kommt er ja auch früher, wie das Wetter so aussieht. Der junge Mann war nur kurz zum Mittag hier, ist dann wieder weg und die beiden Damen und der mit dem komischen Anzug – Knapproth – sind auch alle los, aber jeder für sich. Wenn das ein Dichter ist, sollte der erst mal Manieren lernen. Herr Falke ist auch schon wieder unterwegs. Er war heute Vormittag in der Kirche und dann in Nebel, sagte er mir. Aber warum sage ich Ihnen das? Das geht Sie alles gar nichts an.“

„Danke.“ Dr. Schneiber grinste.

„Wenn Sie weiter so grinsen, werfe ich Sie raus. Eigenhändig. Einfach in die Zimmer der Gäste zu gehen. Und wenn nun etwas fehlt? Sie haben doch nichts genommen, oder?"
„Wo denken Sie hin, ich muss doch bitten! Also ..." Dr. Schneiber wandte sich zum Gehen. „Ähm ... Ob Sie Herrn Schmidt etwas ausrichten könnten? Ach nein, schon gut. Ich sage es ihm später."
Er verließ das Haus. Missmutig stapfte Frauke Boysen wieder zu ihrem Bügelbrett. Wo kamen sie denn hin, wenn jeder ein- und ausgehen konnte, wie er wollte? Sie waren doch nicht auf einem Bahnhof! Sie schaltete das Bügeleisen wieder an, begann mit energischen Bewegungen die Jeans mit dem Eisen zu traktieren. Eigentlich könnte Jessica ihr auch helfen. Das würde dem Mädchen gut tun.
„Jessica!"
Keine Antwort. Wo steckte sie schon wieder? Heute Morgen war sie auch so spurlos verschwunden. Am Mittagstisch hatte Jessica dann nur gegrinst und gesagt, sie wäre spazierengegangen. Das konnte ihr keiner erzählen, dreizehnjährige Mädchen gingen nicht so einfach spazieren.
„Jessica!"
Sie stellte das Bügeleisen wieder ab, begann ihre Enkelin zu suchen. Ohne Erfolg. Jessica blieb verschwunden. Draußen begann es zu regnen.

IX.

Es begann zu regnen. Frank Falke zog sich die Kapuze über den Kopf, schnürte sie vor dem Kinn zusammen. Er hasste es, so eingeschnürt zu sein, mit begrenztem Gesichtsfeld, aber einen anderen Schutz vor dem Regen gab es hier draußen nicht. Er befand sich auf dem Weg zur Nordspitze der Insel, der Odde – linker Hand neben ihm Dünen, eingezäunt mit Hinweisschildern, die das Betreten des Vogelschutzgebietes verboten, rechter Hand das Meer, die Landseite, die Nachbarinsel Föhr schien zum Greifen nah. Es war wohl auflaufende Flut, vom Watt war nichts mehr zu sehen. Oder ablaufende, dachte er. Er war sich nie ganz sicher mit den Gezeiten.

Der Strand war schmal auf dieser Seite der Insel, mit vielen Steinen übersät, ganz anders als der Kniepsand, der sich zum offenen Meer hin erstreckte. Frank Falke verharrte einen Augenblick, überlegte zurückzugehen. Regen prasselte ihm ins Gesicht, der Wind trieb den Sand über die Dünen, eine unwirkliche Atmosphäre. Norddorf schien in weite Ferne gerückt, etwas näher, grau, verlassen und irgendwie unheimlich, ragte das Holzhaus der früheren Bodelschwinghschen Mission auf, das einsam im Vorfeld der Dünen lag. Mit diesem Haus hatte der Tourismus auf Amrum vor über hundert Jahren einmal seinen Anfang genommen, soviel er wusste. Jetzt war das Haus kaum mehr als eine Ruine.

Frank Falke drehte sich wieder um. Jemand kam ihm entgegen. Zugleich schien der Regen schwächer zu werden. Als er vor einer Dreiviertelstunde mit der Wanderung begonnen hatte, hatte das Wetter ganz manierlich ausgesehen. Wie gut, dass er trotzdem die Regensachen angezogen hatte.

„Guten Tag!“ Als Dorfpastor war er gewohnt, die Menschen zu grüßen, auch Fremde. Zu seiner Überraschung war es Sybille Marxen. „Auch bei dem Regen unterwegs?“

„Ja.“ Sie sah nicht auf, beachtete ihn kaum, hielt nicht einmal an. „Ich gehe zurück.“

„Ja, ich ...“ Frank Falke brach ab, sah ihr nach, wie sie davonstapfte. Irgendetwas schien ihr in die Knochen gefahren zu sein, mehr als nur der Regen. Er hatte nicht die geringste Vorstellung, was dies sein könne. Er sah ihr nach, überlegte, ihr zu folgen, entschied sich endgültig anders. Die Nordspitze musste schon in greifbarer Nähe liegen, und dahinter, auf der Kniepsandseite, so meinte er sich zu erinnern, lagen die Stände einiger Surfclubs. Wenn es wirklich nötig würde, sich unterzustellen, konnte er es ja dort tun.

Er ging weiter. An und für sich machten ihm Regen und Wind nichts aus, abgesehen von der engen Kapuze. Im Gegenteil, er konnte die Natur auch so genießen, hier in der Einsamkeit, mitten im Regen, neben den Dünen, auf denen der Wind jetzt zahllose Sandfahnen tanzen ließ. Gedanken zogen ihm durch den Kopf, die Begegnung mit Lorenz Schmidt am Friedhof der Namenlosen, seine Erbschaftsgeschichte, die er allen Ernstes bereit war, nach so vielen Jahren aufzurollen. Schmidt war ein seltsamer Mann. Irgendwie schien ihm jede Form von Einfühlungsvermögen zu fehlen, das Gespür dafür, wann andere Menschen verletzt wurden. Gestern Abend in der Runde mit den Dichtern war ihm das auch schon aufgefallen. Der Streit mit Sybille Marxen und Kattrin Engels – hatte er es richtig verstanden, dass es dabei um Homosexualität gegangen war? Ausgesprochen worden war das Wort jedenfalls nicht.
Der Regen nahm zu, dachte nicht daran abzuflauen, wurde durchdringend. Wasser lief an der Innenseite der Kapuze herunter, sammelte sich an seinem Kinn. Mit gebücktem Kopf, den Blick nur wenige Meter vor sich gerichtet, ging er vorwärts, beschleunigte seinen Schritt. Der Wind zerrte an seiner Jacke. War es nicht doch besser, umzukehren?
Das Ufer bog jetzt nach links ab, weitete sich, die Nordspitze der Insel war erreicht. Frank Falke blickte auf.
„Ach du meine Güte!"
Wenige Meter von ihm entfernt sah er einen Mann in Regenkleidung einen leblosen Körper mühsam über den Boden schleifen. Frank Falke sah auf den am Boden liegenden Mann, auch er trug Regenkleidung, allerdings keine Kapuze. Anscheinend war er ohnmächtig geworden, obwohl ... Frank Falke entdeckte voller Bestürzung das Blut an seinem Kopf. Außerdem, einem Ohnmächtigen half man auf und zog ihn nicht über den Sand, oder?
„Was ist geschehen?" Der Fremde erschrak, ließ die Beine fallen, an denen er den anderen über den Sand gezogen hatte, erstarrte.

„Ich ... Er ist tot ... Ich ...“ Panik stand in seinem Gesicht geschrieben. „Ich habe ihn gefunden, gerade eben. Er ist ... äh ...“ Der Mann gab sich deutlich einen Ruck, „und das Wasser kommt, ich wollte ihn vom Wasser wegziehen, verstehen Sie?“
Frank Falke stand jetzt neben dem Toten. Der Schock schüttelte ihn, als er ihn erkannte. Es war Lorenz Schmidt. Blut war über die bleiche Stirn, Nase und Mund gelaufen, ein dünnes Rinnsal und doch unmissverständliches Zeichen des Todes, die Haare eine sandig, blutig klebrige Masse. Mit starren, toten Augen starrte der Leichnam in die Luft. Frank Falke wandte sich fröstelnd ab, blickte den Fremden an.
„Sind Sie sicher, dass er tot ist?“
„Ja ... Meinen Sie nicht? Das sieht man doch.“
„Vielleicht ...“ Der Fremde schien einen Entschluss zu fassen. „Ich hole einen Arzt. Bleiben Sie hier? Einer sollte hierbleiben.“
Frank Falke nickte. „Benachrichtigen Sie auch die Polizei. Ich bleibe.“
„Ja.“ Der Mann rannte davon, verschwand nach wenigen Schritten hinter der Biegung der Dünen. Frank Falke sah ihm nach. Das Gesicht war ihm irgendwie bekannt vorgekommen, aber er konnte es nicht einordnen. Immer noch regnete es.
Er beugte sich zu Lorenz Schmidt herunter, hilflos, ergriff dessen Unterarm, versuchte seinen Puls zu fühlen. Der Arm fühlte sich kalt an. Und alles, was er spürte, war der Regen, der erbarmungslos auf den toten Körper trommelte, dazwischen vielleicht seinen eigenen Puls, er war sich nicht sicher. Frank Falke gab es auf, merkte plötzlich, wie ihm übel wurde.
Abrupt stand er auf, lief einige Schritte zum Wasser, atmete schwer. Langsam erreichte die furchtbare Tatsache seinen Verstand, kroch in sein Denken und Fühlen hinein. Lorenz Schmidt war tot, war ermordet worden.
„Nein!“ Er hätte schreien können. Er suchte etwas zum Festhalten, fand natürlich nichts, blieb weiterhin schwer atmend am Wasser stehen. Sein Herz raste, der Magen krampfte sich

zusammen, die Hände zitterten. Die letzten kleinen Ausläufer der Brandung umspülten seine Füße, er bemerkte es kaum. Endlich gab er sich einen Ruck, drehte sich um, ging am Leichnam vorbei, setzte sich in einiger Entfernung von ihm in den nassen Sand, direkt neben dem Drahtzaun, der auch hier das Vogelschutzgebiet vom Strand abtrennte. Er versuchte ruhiger zu atmen, mit Erfolg. Auch das Zittern der Hände wurde jetzt weniger.

Wie lange mochte es dauern, bis der andere einen Arzt oder zumindest ein Telefon, ein Haus erreichte? Eine Dreiviertelstunde bestimmt, wahrscheinlich länger. Also würde er mindestens eine Stunde hier ausharren müssen, vorausgesetzt, es gab eine Möglichkeit für den Arzt, diesen Platz mit einem Fahrzeug zu erreichen. Er sah den Leichnam an, der einmal Lorenz Schmidt gewesen war, ein lebendiger Mensch, löste endlich den Blick, schaute hinüber nach Föhr, nach Sylt, blickte in den wolkenverhangenen Himmel. Der Regen fand kein Ende. Frank Falke schaute auf die Uhr, es war fünf vor vier. Höchstens fünf Minuten waren vergangen, seit der Fremde verschwunden war.

Wieder ein Blick auf den Toten. Zeit verging, tröpfelte dahin. Der Tod hatte etwas Groteskes an sich, diese Unvorstellbarkeit, dass die wächserne Hand nicht mehr lebendig sein sollte, dieses blutige Haar, diese Augen, die ins Leere starrten. Er hätte ihm wenigstens die Augen schließen können, fiel ihm ein, aber er wagte es nicht, den Toten noch einmal zu berühren, aus Angst, irgendwelche Spuren zu verwischen. Da war er wieder, der Tod, der gewaltsame Tod, von unbekannter Hand angerichtet, aus Hass, aus Verzweiflung, aus Neid, Gier, Eifersucht oder Not – Frank Falke wusste es nicht. Aber er würde es herausfinden. Es war wieder soweit. Die verdammte Aufgabe seines Lebens hatte ihm wieder auf die Schulter geklopft. Erneut ein Blick auf den Toten. Fünf Mal war er in den letzten Jahren bereits in Mordfälle verwickelt gewesen, jedes Mal hatte er den Täter herausgefunden. Und jedes Mal hatte er, Frank Falke, sich dagegen gewehrt, sich in dem Mordfall zu engagieren, hatte die Aufgabe weit von sich gewiesen, ohne sich wirklich wehren zu können. Diesmal, so wurde ihm deutlich, würde er sich nicht wehren. Vielleicht war dies seine Berufung. Sonderbar, wo doch gerade Schmidt ihn so intensiv danach gefragt hatte. Ja, vielleicht war dies seine Berufung, den Täter herauszufinden und mit ihm zu reden, nein, nicht reden, zuhören, einfach zuhören. Jeder Mensch hatte das Recht, dass seine Geschichte gehört wurde, einfach gehört, nicht beurteilt, nicht verurteilt, nicht einmal vergeben. Einfach gehört. Das war seine Aufgabe. Und natürlich gehörte dazu auch die Geschichte von Lorenz Schmidt.

Ihm wurde kalt. Der Regen kroch unter die Kleidung, er spürte die Feuchtigkeit auf seiner Haut. Vernünftigerweise hätte er sich bewegen sollen, aber er brachte es nicht fertig. Wieder ein Blick auf den Leichnam. Wer hatte ihn so gehasst? Es war absurd, sich vorzustellen, dass er den Täter herausfinden würde. Er war Pastor, nichts anderes. Die Gedanken begannen zu wandern. Sybille Marxen, die ihm begegnet war. Hatte sie den Toten gesehen? Oder aber – nein, das konnte er sich nicht vorstellen – hatte sie etwa Lorenz Schmidt ermordet? Andererseits, er konnte sich nie wirklich vorstellen, dass ein Mensch einen anderen einfach so tötet.

Die Zeit kroch. Er fröstelte, stellte fest, dass seine Finger steif wurden, bewegte sie, massierte seine Hände. Zugleich kam das Wasser näher, die ersten Flutzungen waren schon dicht bis an den toten Körper herangekommen, kleine Wellen, die sich näher und näher schoben, im mit Steinen übersäten Sand versickerten. Er stand auf, seufzte innerlich, ergriff die Beine des Toten, um ihn vom Wasser wegzuziehen. Es war notwendig. Er konnte doch nicht zulassen, dass der Tote in den Fluten verschwand. Er hielt die Beine fest, zog, hielt verwundert inne, sah auf den Sand. Die Schleifspur des Körpers, die der Fremde hinterlassen hatte, führte nicht vom Wasser weg, sondern zum Wasser hin. Vorhin in der Erregung war ihm das nicht aufgefallen. Urplötzlich wurden ihm die Konsequenzen klar. Es hieß nichts anderes, als dass der Fremde versucht hatte, den Leichnam ins Wasser zu bringen. Der Täter, der das Opfer verschwinden lässt ...? Und er hatte ihn ziehen lassen! Ein unbekannter Mann, ein Gesicht, das ihm zwar irgendwie bekannt vorkam, aber ... Er konnte sich jetzt schon nicht mehr richtig an den Mann erinnern! Ein regennasses, wassertriefendes Gesicht, eng eingerahmt von einer Kapuze, die weder Kinn noch Haare erkennen ließ – dabei, er hatte dieses Gesicht schon gesehen, doch wo? Und wann?

„Ei, was mache Sie dann do?"

Vor Schreck hätte er beinahe die Beine des Leichnams fallen gelassen. Eine junge Familie kam vom Kniepsand her, der Mann ging erregt auf ihn zu, während die Mutter ihr vielleicht fünfjähriges Kind ängstlich zurückhielt. Plötzlich wurde ihm die Absurdität der Situation bewusst. Vor etwa einer Stunde hatte er den anderen in eben dieser Position angetroffen. Wider alle Vernunft musste er grinsen.

„Wie heiße Sie?"

Der Familienvater war jetzt nahe herangekommen, betrachtete misstrauisch den Toten, dann ihn selbst. „Isser dot?"

„Pastor Falke." Warum benutzte er jetzt instinktiv seinen Amtstitel? „Ja. Er ist tot, ermordet."

„Ach du liebes Bissche, Herr Pastor." Der Dialekt war unverkennbar, Frank Falke tippte auf Hessisch.

„Ich muss a mol!" Das kleine Mädchen begann zu schreien. Zugleich hörte der Regen auf. Der Vater blickte sich um, sah, wie seine Frau das Mädchen an den Dünenrand führte und über den Zaun hob. Sichtlich erleichtert verschwand das Mädchen in den Dünen.

„Soll ich no die Polizei rufe, Herr Pastor?" Der Mann hatte sich wieder umgedreht.

„Wie denn? Wie heißen Sie übrigens?"

„Wieland, Klaus Wieland." Herr Wieland zog ein Handy aus seiner Jackentasche.

„Und fragen Sie nach, ob der Tote bereits gemeldet ist."

Klaus Wieland sah ihn fragend an. Frank Falke erläuterte, erzählte von dem Fremden, ohne seinen Verdacht weiterzugeben. Wahrscheinlich ist er einfach verschwunden, dachte er.
Er hatte Recht mit seiner Vermutung. Der Todesfall war noch nicht gemeldet worden. Und das nach einer Dreiviertelstunde.
„Sie brauche zwanzich Minute." Klaus Wieland sah sich nach Frau und Tochter um. Das kleine Mädchen tauchte gerade aus den Dünen auf. In der Hand hielt es ein Stück Papier.
„Hätte Sie ebbes dagege, wenn wir weiterginge? Mei Dochter ... Wir sin im Hotel Seeblick unnerjebracht."
Frank Falke nickte. „Natürlich."
„Guckt a mol, was ich gefunne han." Das kleine Mädchen wedelte mit einem Blatt Papier, hielt aber gebührenden Abstand von den Männern, vom Toten. Wahrscheinlich versteht sie gar nicht, was hier geschehen ist, dachte er. Gott sei Dank.
Sie gingen zu ihr hin. „Lass a mol gucke!"
Klaus Wieland nahm seine Tochter auf den Arm. Er lächelte entschuldigend. „ Es sammelt awer immer alles uff." Dann sah er es auch. In der Mitte des Papiers prangte ein großer roter Blutfleck. Frank Falke erkannte das Blatt. Es war der Einsatzplan der Schriftsteller für die nächsten Tage ...

GESPRÄCHE

»Sie mögen sagen, was Sie wollen, aber es ist einfach unnatürlich, dass fünf oder sechs Personen anwesend sind, wenn B. ermordet wird, und noch dazu alle ein Motiv hätten, ihn umzubringen – es sei denn, dieser B. sei wirklich der ganzen Welt verhasst. Und in dem Fall würde sich kein Mensch darum kümmern, ob er nun erstochen oder vergiftet wurde.«

Ariadne Oliver in »Das fahle Pferd« von Agatha Christie

X.

„Und wir sagen heute Abend nicht ab!" Dr. Schneiber hielt den Einsatzplan für die Schriftsteller erregt in die Luft. „Unser Publikum hat ein Recht darauf ..."

Frank Falke sah das Blatt fasziniert an. Zugleich spürte er seine Müdigkeit. Solch Blatt hatte er vor etwas über einer Stunde oben an der Odde gesehen, in der Hand des kleinen Mädchens. Ein Blatt mit Blut beschmiert. War es Schmidts eigenes Blatt gewesen oder etwa das eines Schriftstellerkollegen?

„Und deshalb muss die Veranstaltung heute Abend stattfinden. Wir können unser Publikum nicht enttäuschen. Sie warten auf unsere Worte. Natürlich werden wir gebührend ..."

„Sie denken wohl nur an sich, was Schneiber?" Detlef Knapproth unterbrach Dr. Schneiber rauh. „Zumal Sie heute Abend selbst lesen. Lassen Sie den Pastor doch erst mal erzählen, was passiert ist."

„Also, das ist ja ..."

„Was ist denn nun eigentlich passiert?"

„Erzählen Sie doch, Herr Pastor."

Es war kurz nach sechs, sie saßen im Gästeraum der Pension, verteilt an den Frühstückstischen. Frank Falke befand sich bedauerlicherweise im Mittelpunkt des allgemeinen Interesses. Er hatte es auch kaum anders erwartet. Alle Pensionsgäste waren anwesend. Als Letzte war Kattrin Engels vor wenigen Minuten ins Haus gekommen und hatte sofort Dr. Schneiber dazugebeten, während er selbst noch unter der Dusche war. Auch die Wirtsleute waren dabei, die Boysens wollten anscheinend ebenso wenig wie die anderen die Schilderung eines Mordes verpassen.

Frank Falke seufzte innerlich. Immer noch erschien ihm das Ganze wie ein irrealer Alptraum. Vor knapp einer halben Stunde hatte ihn die Polizei hier abgesetzt, nachdem die Beamten vorher seine Personalien aufgenommen und ihn gebeten hatten, sich für weitere Befragungen bereitzuhalten. Ihm war kalt gewesen und er hatte das dringende Bedürfnis gehabt, sich zu säubern, zugleich wenigstens für ein paar Minuten der allgemeinen Neugierde zu entgehen, die allein schon das Auftauchen des Polizisten verursacht hatte. Und natürlich hatte die Nachricht vom Tode Lorenz Schmidts sofort die Runde gemacht.

Es war eine Wohltat gewesen zu duschen, die dampfende Dusche, die Ingmar Hagedorn soeben erst verlassen hatte, anscheinend auch er bedürftig an diesem regnerischen Nachmittag – das Wasser, das Reinheit versprach, abzuwaschen, was nicht abzuwaschen ging. Für ein paar Minuten hatte er alles vergessen, war das Bild des toten Lorenz Schmidt weit, weit weg gewesen, hatte Frank Falke sich dem fließenden Strom ganz hingegeben, wohl wissend, dass es nur eine kurze Ruhepause war. Nun aber war es soweit, es gab keinen Ausweg mehr, er musste erzählen.

„Möchten Sie einen Tee, Herr Pastor?“ Ohne die Antwort abzuwarten, schenkte Frauke Boysen ihm eine Tasse ein, reichte sie ihm. Auch die anderen wurden von ihr versorgt.

„Was soll ich erzählen?“ Er wusste nicht, wie er es beschreiben sollte. „Ich bin spazieren gegangen, um die Odde, jedenfalls hatte ich das vor. Wie Frau Marxen ja auch.“

Augenblicklich richteten sich zahllose neugierige Augenpaare auf Sybille Marxen.
„Ich bin umgedreht. Wegen des Regens. Ich habe nichts gesehen.“ Der hysterische Unterton in ihrer Stimme war unverkennbar.
„Und ich bin nicht umgedreht.“ Er seufzte, sah noch einmal die Szene vor sich. „Und dann habe ich ihn gesehen. Oben an der Spitze der Odde.“
„Wirklich?“
„Einfach so? Wie hat er ausgesehen?“ Ein junges Mädchen hatte sich dazugesetzt. Sie mochte vielleicht vierzehn Jahre alt sein. Frank Falke hatte sie noch nie gesehen.
„Meine Enkelin Jessica.“ Frauke Boysen bemerkte Frank Falkes fragenden Blick, machte eine unwillige Kopfbewegung in Richtung Jessicas. Das Mädchen war stark geschminkt, fiel ihm auf. Sie lehnte sich lässig auf dem Stuhl zurück. Resigniert goss Frauke Boysen ihr eine Tasse Tee ein.
„Und wie sah die Leiche nun aus?“ hakte Jessica nach. Frank Falke sah sie an, blickte in die Runde. Musste er wirklich alles erzählen? Jede Einzelheit? Andererseits war es vielleicht interessant, seine Zuhörer zu beobachten, wenn er die Geschichte erzählte. Er hatte eine Aufgabe vor sich, fiel ihm ein. Eine ungeliebte Aufgabe, und dennoch ...
„Nein, nicht einfach so. Ich sah einen Mann, der einen Körper über den Strand zog. Dann erst entdeckte ich, dass der Tote Lorenz Schmidt war. Der Mann sagte zu mir ...“
„Hatten Sie kein Handy?“ Das war Jessica.
„Ich besitze keins. Als Pastor wird man so oft angerufen ...“ Er lächelte, glaubte nicht, dass sie ihn verstand. „Also, der Mann sagte zu mir ...“ Er erzählte die Geschichte in fast allen Einzelheiten: die Begegnung mit dem Fremden, sein späterer Verdacht, das vergebliche Warten auf Hilfe, die junge Familie mit dem Handy, dann das Eintreffen der Polizei und des Arztes, endlich, ersehnt, mit einem Unimog der Kurverwaltung waren sie gekommen, vorsichtig über den Kniepsand fahrend, die

zurückhaltende, aber nicht unfreundliche Art der Polizisten, schließlich das Angebot, ihn zur Pension zurückzufahren, das er dankbar angenommen hatte.
Währenddessen betrachtete er seine Zuhörer. Es war eine seltsame Stimmung zu spüren, Angespanntheit, mehr als nur Neugierde. Und doch hätte er nicht sagen können, wer ihm besonders auffiel oder warum. Vielleicht aber war alles auch nur Einbildung. Er selbst war sich ja nicht einmal seiner eigenen Gefühle klar, wunderte sich, dass er schon wieder so selbstverständlich hier auf dem Stuhl sitzen und Auskunft geben konnte. Trotzdem, der Tod von Lorenz Schmidt schien jeden der Anwesenden auf seine eigene Weise zu berühren.
„Dann war es also dieser Fremde. Na, das ist ja gut. Außerdem habe ich ein Alibi."
Alle starrten Detlef Knapproth an.
„Wieso ein Alibi?"
„Ich habe Herrn Hagedorn in der Fußgängerzone getroffen. Um Viertel nach drei. Nicht wahr, Herr Hagedorn?"
Ingmar Hagedorn sagte nichts, schien kaum wahrzunehmen, was um ihn herum geschah.
„Ich sagte, Sie haben mich gesehen. Um Viertel nach drei. In der Fußgängerzone."
„Ich ... Wie ... Ja." Ingmar Hagedorn schreckte auf. In seinen Augen waren deutliche Spuren von Angst. Er nickte stumm. „Ja, ich habe Sie gesehen. Wie Sie es gesagt haben."
„Wieso ein Alibi?" wiederholte sich Kattrin Engels. Sie faltete ihre Hände, ließ die Gelenke knacken. „Verdammt noch mal, Knapproth, wozu brauchen wir ein Alibi? Da wird Lorenz Schmidt hinterrücks ermordet, was ja wirklich schon schlimm genug ist, was ich auch einfach nicht kapiere. Aber wozu bitte brauche ich deswegen ein Alibi?"
„Warum nicht? Denkt ihr wirklich ..."
„Kann ich noch eine Tasse Tee haben?"
Frank Falke wandte sich Ingmar Hagedorn zu, der neben ihm saß.

„Der Mord geht Ihnen zu Herzen, nicht wahr?"
„Ihnen nicht?" Die Antwort kam ungewohnt aggressiv.
„Doch, natürlich." Wie schwach sich das anhört, dachte er. Er nahm sich zusammen. „Dieser Mord geht mir sogar sehr zu Herzen. Jeder Mord, den ich erlebe, geht mir zu Herzen."
„Wieso jeder?" Ingmar Hagedorn sah ihn erschreckt an. Ich rede nur noch Unsinn, dachte Frank Falke.
„Aber sagen Sie selbst, Herr Pastor. Sie halten doch auch diesen Unbekannten für den Mörder, oder? Es ist einfach nicht vorstellbar, dass jemand aus unserem Verein", Dr. Schneibers Blick auf Detlef Knapproth strafte seine Worte Lügen, „dass jemand von uns einen Mord begeht. Und wieso einer von uns? Jeder kann Schmidt begegnet sein, dort oben, wo Sie gesagt haben ..."
„Nicht jeder. Ich habe ein Alibi."
„Also nun hören Sie schon auf mit Ihrem Alibi."
„Mörder haben bei mir nichts zu suchen." Frauke Boysens energische Stimme schuf Ruhe. „Das wäre ja noch schöner, was Okke? So jemand kann gleich seine Koffer packen. Alibi ... Alibi ... Mir kommen nur anständige Leute ins Haus."
„Wenn man das immer so wüsste, Frauke."
„Was soll das heißen?"
„Aber Oma, da war doch der Mann, den der Pastor gesehen hat, der, der den anderen an den Füßen zog."
„Ich verstehe das nicht." Ingmar Hagedorn schüttelte den Kopf, schien aus seiner Lethargie zu erwachen. „Dieser Mann da ... Wer war er?"
„Na, für mich ist die Sache klar. Da hat jemand vor, den Schmidt zu ermorden. Ist doch egal, wer er war. Jedenfalls verabredet er sich mit Schmidt an einem einsamen Platz, eben da oben, wartet, bis keiner in der Nähe ist, dann verübt er seine grausame Tat. Anschließend entledigt er sich der Leiche im Wasser." Dr. Schneiber wiegte theatralisch den Kopf. „Traurig, traurig, das Ganze. Aber andererseits haben wir damit nichts zu tun. Wir können dafür nichts. Wirklich nicht. So schrecklich es

auch ist. Deshalb werden die Veranstaltungen auch weiterhin stattfinden. Ich werde selbstverständlich dafür sorgen, dass ein schwarzes Trauerband um das Lesepult drapiert wird. Und natürlich ein paar passende Worte sagen. Was für ein Verlsut für unseren Verein!“ Dr. Schneiber sah auf die Uhr. „Wenn Sie mich jetzt entschuldigen würden. Ich habe noch viel zu tun.“ Er stand auf, verließ hastig den Raum.

„Schneiber ist herzlos. Habe ich immer gesagt. Kein Gramm Gefühl, der Mann, der denkt nur an sich.“ Detlef Knapproth wandte sich an die anderen. „Nicht, dass ich etwas für Schmidt übrig gehabt hätte, aber es gibt doch so etwas wie Anstand. Gibt es denn hier nichts zu trinken? Ich meine, warum sollte jemand Schmidt ermorden? Der war doch harmlos, na ja, pedantisch, verklemmt, langweilig, okay, aber deshalb bringt man doch keinen um.“

„Er ist aber tot.“

„Ja, natürlich. Aber er kannte doch keinen hier auf der Insel. Das weiß ich ganz genau. Und die Einzigen, mit denen er sich gestritten hat, waren ...“

Sybille Marxen bekam ein knallrotes Gesicht.

Sie lügt, dachte Frank Falke spontan. Sie hatte den Leichnam gesehen, davon war er plötzlich überzeugt. Ihre innere Erregung, die er schon bei ihrer Begegnung am Strand gespürt hatte, der knappe, fast unfreundliche Gruß, das schnelle Davoneilen, nein, er war sicher, dass sie ebenfalls dem Toten begegnet war. Aber ... aber hatte sie ihn auch umgebracht? Und was war dann mit dem seltsamen Fremden?

XI.

„Am Ende gehst du mir noch fremd.“ Frauke Boysen lachte unlustig, tauchte die nächste schmutzige Tasse ins Abwaschwasser. „Willst du mir nicht endlich sagen“, ärgerlich drehte sie sich um, „was du heute Nachmittag gemacht hast, Okke?“

„Warum willst du das wissen?“ Mit verschränkten Armen saß Okke am Küchentisch. „Du tust ja so, als ob ich dem Schmidt was getan hätte. Außerdem habe ich dir gesagt, wo ich war.“

„Ja.“ Frauke Boysen seufzte, griff zum Küchenhandtuch, begann die Teetassen abzutrocknen. Wenn Okke nicht reden wollte, wollte er nicht, da konnte man nichts machen. Er wäre spazieren gefahren, hatte er gesagt, Richtung Nebel, und hätte dann lange Zeit auf der Bank unter dem Kreuz gesessen. Okke fuhr manchmal mit dem Rad dorthin, das stimmte. Er liebte diese Stelle, die Wiesen, die direkt bis ans Watt reichten, der kleine Fußweg, das Kreuz mit der Bibel im Holzkasten, der Blick auf die Halligen und auf Föhr. Aber dennoch ... am Sonntagnachmittag, zur Kaffeezeit und einfach so ... Irgendetwas stimmte nicht, dafür kannte sie ihn viel zu gut.

„Oder war es wegen Jessica?“

„Jessica?“ Okke sah überrascht auf. Das war es also nicht gewesen.

„Warum bist du dann auf die Bank gegangen? Okke, da war doch was. Hör mal, früher oder später redest du ja doch und da solltest ...“

„Was ist mit Jessica?“

Frauke Boysen gab auf. „Sie war heute Nachmittag wieder weg, ganz plötzlich, ohne ein Wort zu sagen, wie heute Vormittag. Das gehört sich doch nicht, Okke, sie kann doch wenigstens sagen, wo sie hingeht. Unsere Kinder haben immer Bescheid gesagt. Und was sie anzieht. Ich weiß nicht, wie ich das sagen soll. Da soll mir keiner kommen, von wegen modern und so. Theas Enkelin sieht immer proper aus. Du musst mal mit ihr reden. Na ja, kurz nach vier war sie wieder da. Und hat kein Wort gesagt. Wie du.“

„Was soll das heißen?“

„Ach nichts.“ Sie stellte die saubere Tasse auf den Tisch, sah ihren Okke liebevoll an. Er würde ihr schon irgendwann sagen, was er gemacht hatte am Nachmittag und warum. Meistens war das so. Aber nicht immer. Doch bei Jessica ...

„Ich mache mir Sorgen um das Mädchen. Und jetzt mit dem Mord und alledem. Das ist bestimmt nicht gut für sie. Überhaupt, ein Mord bei uns. Ich kann das gar nicht begreifen. So etwas kommt irgendwo vor, aber nicht bei uns. Doch nicht in unserem Haus."

„In unserem Haus nicht. An der Odde."

„Du weißt, was ich meine."

Jemand klopfte an die Haustür. Frauke Boysen stand auf, ging, das Geschirrhandtuch in der Hand, hinaus.

„Kriminalpolizei." Zwei junge Männer standen vor der Tür. „Ein Herr Lorenz Schmidt hat hier gewohnt?"

„Ja." Wie konnte man nur so jung sein und sich um so schreckliche Dinge wie Mord kümmern? Beide Männer waren kaum über Dreißig. „Ich weiß Bescheid. Er ist ermordet worden."

Die Männer nickten. „Könnten wir sein Zimmer sehen?"

„Wie? Oh ja, selbstverständlich." Sie führte die beiden Beamten die Treppe hinauf, öffnete die Tür zu Lorenz Schmidts Zimmer. Die Beamten traten ein. Sie sahen sich bedächtig um. Frauke Boysen blieb an der Tür stehen.

„Wir werden das Zimmer morgen gründlich untersuchen. Bis dahin müssen wir es versiegeln. Sind Sie, Frau Boysen, in dem Zimmer gewesen, um Betten zu machen oder so?" Sie nickte. „Ist etwas ungewöhnlich in dem Zimmer? Anders? Fehlt etwas?"

„Warum sollte es?" Plötzlich fiel ihr Dr. Schneiber ein. Der war ja am Nachmittag im Zimmer gewesen. Sie sah sich aufmerksam um. „Da fehlt was."

„Ja?"

„Auf der Kommode. Da lagen lauter alte Papiere. Und ein alter Totenschein. Den Namen konnte ich nicht lesen."

„Ein Totenschein?"

„Mehr weiß ich auch nicht. Da, in der Mappe. So ein alter Totenschein halt. In deutscher Schrift, aber schwer zu lesen." Einer der Beamten grinste. Sie blickte ihn irritiert an. „Heute Morgen war er noch da. Mehr weiß ich auch nicht."

„Vielleicht hat er ihn ja woanders hingelegt. Sind Sie sicher, dass es sich um einen Totenschein handelte?"
Er hat ihn nicht verlegt, dachte sie ärgerlich. Schmidt war ein ordentlicher Gast gewesen. Solche Gäste pflegten sich gleich beim Einzug einzurichten und dann alles dabei zu belassen. Mit Gästen kannte sie sich aus. Und heute Vormittag beim Bettenmachen war das Ding ja auch noch da gewesen, wenn auch in einer Mappe. Sie hatte es aber trotzdem gesehen. Die Mappe zu öffnen hatte sie jedoch nicht gewagt.
Die Beamten gingen im Zimmer umher. „Wir würden gern auch mit Pastor Falke sprechen. Er wohnt ebenfalls hier, wurde uns gesagt."
Sie verließen das Zimmer, die Beamten schlossen ab, behielten den Schlüssel für sich, klebten ein Siegel an die Tür. Mit dem Zimmer für Jessica wurde es also vorerst nichts. Zu schade. Frauke Boysen deutete auf die Tür zum Nachbarzimmer. Die Beamten klopften.
„Moment!" erklang es aus dem Zimmer. Der Pastor öffnete die Tür. Er war im Schlafanzug.
„Kriminalpolizei. Pastor Falke, wir würden gerne ..."
Der andere Beamte wandte sich ihr zu. „Ob Sie uns allein lassen könnten?"
„Wie? Oh ja." Sie ging die Treppe hinunter.
„Okke, stell dir vor, der Pastor war im Schlafanzug." Sie betrat die Küche. Okke hatte sich nicht vom Fleck gerührt, saß immer noch hinter dem Küchentisch. „Und stell dir vor, beim Schmidt im Zimmer fehlt was. Der Totenschein ist weg."
„Oh ja."
Frauke Boysen sah ihn überrascht an. Was war eigentlich los? „Was soll das heißen, oh ja. Weißt du was von einem Totenschein?"
Okke rührte sich nicht auf der Bank.
„Also raus mit der Sprache."
„Nun reicht es aber, Frauke. Spiel dich nicht so auf. Was soll schon sein? Schmidt hat mir davon erzählt. Heute Mittag. Und

was weiß ich, wo das Ding ist. Vielleicht hat er es einfach mitgenommen."

„Also bei mir wollte er nicht einmal, dass ich das Ding sehe. Und dir erzählt er einfach so davon."

„Männersache. Er", Okke zögerte, „er wollte einen Rat."

„Ihr Männer seid alle gleich. Und was hat er dir erzählt?"

An der Tür klopfte es. Pastor Falke, jetzt wieder angezogen, guckte herein. Er sah müde aus, kein Wunder, bei dem, was der arme Mann durchgemacht hatte. Wenn man sich das vorstellte, so allein mit der Leiche ...

„Frau Boysen, die Herren von der Polizei wollen mich einiges fragen. Ist es in Ordnung, wenn wir in die Gaststube gehen?" Sie nickte. „Und könnte ich morgen das Frühstück sehr zeitig bekommen? Ich muss nach Kiel, um diesen Fremden zu identifizieren. Per Computer", fügte er erläuternd hinzu.

„Nach Kiel? Wie früh?"

„Die Fähre fährt um Viertel vor acht", ertönte es aus dem Hintergrund.

„Viertel vor sieben?"

„Ja, das geht. Aber nur ausnahmsweise. Man muss ja auch mal ausschlafen können. Sie hätten das auch nötig, Herr Pastor." Pastor Falke dankte, verließ die Küche.

„Das ganze Haus ist in Aufruhr. Die Polizei im Haus, das hatten wir noch nie. Nie in all den Jahren, weißt du das Okke? Außer im Winter natürlich, als dieser hundsgemeine Dieb einfach die schönsten Zweige an unserer Hortensie abgeschnitten hat. Und ja nicht nur bei uns. Dass sie den immer noch nicht haben." Frauke Boysen machte ein grimmiges Gesicht. „Bis der Busch wieder so wird wie vorher, das dauert, wenn überhaupt. Und er hat so schön geblüht." Okke nickte. „Weißt du, vielleicht ist der Mann, den der Pastor gesehen hat, einfach in ein Haus eingebrochen und wohnt da heimlich? Wie neulich, als unser Schornsteinfeger einen überrascht hat? Das Radio lief noch, doch der Kerl war weg. Na ja, ist schon ein paar Monate her und war auch noch nicht Saison. Aber so etwas. Und du",

sie ging zum Spültisch, begann das Geschirrhandtuch zu suchen, „und du willst mir nicht einmal sagen, wo ... Wo ist denn das Handtuch?“
„Du hast es vorhin mitgenommen.“
„Ach so. Du könntest mir auch mal helfen.“ Ärgerlich verließ sie die Küche. Oben von der Treppe kam ihr Jessica entgegen.
„Was hast du denn da oben zu suchen?“
„Nichts.“ Jessica drängte sich an ihr vorbei. Sie sah ausgesprochen fröhlich aus. „Gute Nacht, Oma. Und vielen Dank, dass ich hier sein darf!“
„Bitte. Gute Nacht.“ Morgen, morgen mussten sie wirklich mal mit Jessica reden. So ging das nicht weiter. Und oben bei den Gästezimmern hatte sie wirklich nichts zu schaffen. Dabei war Jessica so ein liebes Mädchen. Oder war sie das gewesen, vor ein paar Jahren? Aber ein Mensch änderte sich doch nicht so schnell, Jugend hin oder her. Okke, er musste mit ihr reden. Okke konnte das gut.
Sie sah das Geschirrhandtuch oben über der Brüstung hängen, stieg die Treppe hinauf.
„Nicht so laut!“ drang eine Stimme aus dem Zimmer der beiden Frauen.
„Und ich habe dich verdächtigt“, antwortete die andere. Frauke Boysen packte ihr Geschirrtuch, drehte sich um, hatte kein Bedürfnis zu lauschen. Dennoch, die laute Stimme war nicht zu überhören. „Ich habe dir Unrecht getan. Es tut mir Leid.“
„Nicht so laut!“
„Du hast ihn umgebracht. Für mich. Danke, ich danke dir!“

XII.

„Vielen Dank, Pastor Falke!“ Carsten Wegener, erster Kriminalhauptkommissar der Flensburger Mordkommission, ergriff das Blatt, das der Computer soeben ausgedruckt hatte. „Jetzt kann ich mir ein Bild machen.“

Sie saßen in einem der Büros des Landeskriminalamtes. Frank Falke fühlte sich hier fremd. Der Raum strahlte nüchterne Sachlichkeit aus. Über eine Stunde lang hatten sie versucht, das Gesicht des Fremden, den er beim Toten gesehen hatte, per Computerprogramm zu rekonstruieren. Die Beamtin, die als Expertin das Programm bediente, hatte Geduld mit ihm gehabt, trotzdem war es ein mühsamer Prozess gewesen, zugleich aber auch irgendwie amüsant, aus einer Vielzahl von Nasenformen, Mündern, Augen und Augenbrauen ein menschliches Gesicht zusammenzusetzen. An einigen Stellen hatte er sich ein Lachen kaum verkneifen können. Das ganze Procedere lockte zum Spielen, aber es war kein Spiel. Und schon bei der Frage nach der Gesichtsform hatte er passen müssen.
„Ich weiß nicht.“ Frank Falke warf einen Blick auf das Gesicht, das der Computer soeben ausgedruckt hatte. Er war nicht wirklich zufrieden mit dem Ergebnis. Und trotz allem hatte er das Gefühl, jenen Mann schon einmal gesehen zu haben – aber wo? Verzweifelt versuchte er sich zu erinnern, doch wieder ohne Ergebnis. War es in der Kirche gewesen, auf der Fähre? Oder bei der Dichterlesung?
„Immerhin weiß ich jetzt, dass Sie wirklich etwas gesehen haben.“
„Wieso?“ Frank Falke schaute den Kriminalkommissar verblüfft an. „Wie meinen Sie das?“
„Ist Ihnen nicht der Gedanke gekommen, dass Sie den Fremden auch einfach erfunden haben könnten? Außer Ihnen hat ihn niemand gesehen.“
„Aber ich ...“ Empörung stieg in ihm auf. Dennoch, der Gedanke war logisch.
„Machen Sie sich keine Sorgen. Ich bin jetzt sicher, dass Sie den Fremden wirklich sahen. Und wir werden ihn finden.“
„Weil Amrum eine Insel ist, nicht wahr? Sie werden alle Pensionen und Hotels befragen?“
„Nein. Sie machen sich, glaube ich, keine Vorstellung, wie viele Menschen zur Zeit auf der Insel sind. Amrum hat im Jahr

rund 1,2 Millionen Übernachtungen, jetzt ist Hauptsaison und längst nicht alle wohnen in einem Hotel oder einer Pension, vergessen Sie die Ferienwohnungen und Häuser nicht. Nein, es ist viel einfacher. Wer auf die Insel will und wieder hinunter, muss die Fähre benutzen. Die werden wir allerdings kontrollieren. Vorausgesetzt, es ist kein Einheimischer. Vielleicht setzen wir auch das Bild in den *Inselboten*."
„Ein Einheimischer ... Das glaube ich nicht. Er hatte einen Akzent, glaube ich."
„Eben. Außerdem gehen Einheimische meist nicht an der Odde spazieren, schon gar nicht bei solchem Wetter. Na ja, wir reden noch drüber." Carsten Wegener drehte sich zur Beamtin um, die das Programm bedient hatte, bedankte sich für ihre Mühe, wandte sich zum Gehen. Frank Falke bedankte sich ebenfalls.
„Haben Sie Lust, Pastor Falke, mit mir essen zu gehen? Wir müssen erst um 16 Uhr 30 wieder in Dagebüll bei der Fähre sein. Und länger als zwei Stunden brauchen wir nicht bis dahin. Wie ist es, haben Sie Lust?"
Eine halbe Stunde später saßen sie in *Beckmanns Gasthof* in Achterwehr, einem kleinen Dorf in der Nähe der A 210, die nach Rendsburg führt. Der Wardersee lag in der Nähe und auch der Nord-Ostsee-Kanal war nicht weit, soviel Frank Falke wusste. Der Gasthof selbst war ganz mit Efeu überwachsen, was ihm ein mittelalterliches Aussehen verlieh, innen bezauberte er durch solide holsteiner Pracht. Sie hatten Scholle bestellt, die vorzüglich schmeckte.
„Glauben Sie, dass Sie ihn bald finden werden? Ich meine, falls das Bild überhaupt mit der Wirklichkeit etwas zu tun hat."
„Das müssen Sie wissen." Carsten Wegener lächelte. „Hat es?"
„Ja und nein. Doch ja, irgendwie schon. Obwohl so ganz genau ..."
„Das sind diese Bilder selten. Und doch sind sie eine enorme Hilfe. Aber ob wir den Mann bald finden und vor allen Dingen, ob wir damit den Täter gefunden haben – sehen Sie, so einfach ist die Sache nicht. Da ist beispielsweise das Zeitproblem."

„Das Zeitproblem?“
„Ja. Nach Ihrer Aussage haben Sie Lorenz Schmidt ziemlich genau um zehn vor vier gefunden. In diesem Augenblick war nach Ihrer Aussage der Unbekannte dabei, den Toten ins Wasser zu ziehen. Gestorben ist Herr Schmidt aber schon um Viertel nach drei. Der Arzt ...“
„Weiß man eigentlich schon, womit Herr Schmidt ermordet wurde?“
„Mit einem stumpfen Gegenstand, wahrscheinlich ein Stein, der herumlag und jetzt irgendwo in der Nordsee verschwunden ist. Ich glaube kaum, dass wir ihn finden werden.“
„Entschuldigen Sie bitte die Unterbrechung.“
„Ja.“ Der Kriminalkommissar nickte. „Noch einmal: Lorenz Schmidt starb um Viertel nach drei. Der Arzt mochte sich zwar noch nicht hundertprozentig festlegen und die Autopsie hat auch noch nicht stattgefunden, aber er war sich doch recht sicher. Der Unbekannte war aber erst kurz vor vier bei der Leiche. Zwischen diesen beiden Zeiten liegt über eine halbe Stunde. Und jetzt frage ich Sie: Was hat der Mann in dieser halben Stunde gemacht? Wenn er der Mörder ist. Sehen Sie, logisch wäre es doch, den Körper gleich nach der Tat zu beseitigen und nicht erst so lange zu warten. Und selbst wenn es Totschlag war, Tötung im Affekt also, sind mehr als einige Schreckminuten wenig wahrscheinlich. Nein, wir werden diesen Unbekannten zuerst als Zeugen suchen, nicht als Täter. Wobei natürlich sein Verhalten seltsam bleibt.“
„Oh ja.“ Frank Falke seufzte, legte Messer und Gabel zur Seite, schaute für einen Moment ausdruckslos aus dem Fenster. Schließlich drehte er sich um, wandte sich wieder dem Essen zu.
„Was ist?“
„Ach nichts.“ Er sah Carsten Wegener an. Noch ein Seufzer. „Ach ... Ich hatte gehofft, dieser Fremde wäre der Täter und Sie würden ihn in den nächsten Tagen finden. Aber so ...“
„Ja ...“

„So muss ich mich wieder auf die Suche machen. Ich wusste es irgendwie schon, als ich da oben saß und wartete. Ich werde den Täter finden müssen und mit ihm reden. Na ja, es wird schon klappen.“ Plötzlich fiel ihm Frau Boysen ein. Sie hatte ihm heute Morgen irgendetwas Wichtiges sagen wollen, war aber nicht dazu gekommen.

„Sie wollen den Täter finden?“ Carsten Wegener bekam vor Verblüffung kaum den Mund zu. „Warum? Um ihm die Beichte abzunehmen?“

„Nein, nein. Es ... Sehen Sie, fünf Mal bin ich in den letzten Jahren in Mordfälle verwickelt gewesen. Alles fing an mit einem Skelett in unserer Kirche. Sie haben vielleicht davon gelesen?“

„Das war Ihre Kirche?“

„Ja. Ein Mann, erschlagen vor über fünfzig Jahren. Dann gab es einen weiteren Toten. Am Ende saß ich mit dem Täter zusammen und er erzählte mir seine Geschichte. Oder ein Mann, der zu mir kam, um seinen Mord anzukündigen. Wissen Sie, was man in solch einer Situation sagt? Ich wusste es nicht. Oder letztes Jahr, als ich auf einem Hof in unserer Gemeinde einschneite. Am nächsten Morgen war einer der Hofbewohner tot und wir anderen alle in unseren Zimmern eingeschlossen.* Glauben Sie, ich finde das schön? Zum Schluss saß ich wieder mit dem Täter zusammen und hörte die Geschichte des Mordes. Ich habe mich anfangs dagegen gewehrt und irgendwie tue ich das noch immer, aber ... aber ich habe eingesehen, dass es wohl so sein soll. Nennen Sie es Fügung, Schicksal, Berufung, wie Sie wollen. Ich weiß es selber nicht. Doch ich muss mit dem Mörder von Lorenz Schmidt sprechen, und zwar, bevor Sie es tun.“

„Und warum nicht danach, nach der Verhaftung? Warum uns nicht unsere Arbeit tun lassen?“

„Von mir aus gern, aber ...“ Frank Falke zuckte die Achseln, schaute in unbestimmte Ferne. „Ach, es ist sowieso Blödsinn. Fünf Tote in fünf Jahren, alle ermordet. Lorenz Schmidt ist der

** vgl. bisherige Falke-Krimis auf Seite 4*

sechste, es ist ... Es ist, als ob ein grausamer Gott mit mir sein Spielchen treibt. Sie haben sich den Beruf ausgesucht, Mordkommission, aber ich? Ich bin Pastor. Sicher, das Böse in der Welt, die Sünde, aber ... aber muss es immer gleich Mord sein? Erschlagene Menschen, erstochen, aus dem Fenster geworfen, vor die U-Bahn ...* Nein, das habe ich nicht gewollt."
Carsten Wegener sah ihn ernst an, lächelte einen Moment.
„Und vielleicht hat es ja Sinn, wenn ich vor der Verhaftung mit ihnen spreche. Nach der Verhaftung, da würde es um die Frage gehen, wie hoch wohl das Schuldmaß wird und ob ich die Angehörigen grüßen kann. Davor aber, wenn ich mit einem Mörder spreche, in Freiheit, meine ich, geht es um gar nichts. Nur darum, zuzuhören und vielleicht zu verstehen. Ich bin immerhin Pastor. Manchmal denke ich, das ist das Wichtigste an meinem Beruf: Zuhören." Er lachte kurz auf. „Mein Dorf sieht das allerdings anders. Na ja, manche vielleicht nicht. Außerdem", Frank Falke zögerte, „auch das stimmt so nicht. Ich habe nicht in allen Fällen mit dem Täter gesprochen. In einem Fall haben wir ihn nur in einer Menschenmenge erkannt und dann die Polizei gerufen. Da war kein Gespräch. Alles, was ich weiß, ist, dass ich wieder in einen Mordfall verwickelt bin, mich dazu verhalten muss und dass es sinnlos ist wegzulaufen."
„In den Gesprächen, die Sie geführt haben, hat Sie da schon mal jemand um Vergebung gebeten?"
„Seltsamerweise nein. Aber wie gesagt, darum geht es auch nicht. Außerdem", Frank Falke zögerte, „aber das darf ich gar nicht sagen, konnte ich die meisten auch verstehen. Natürlich nicht alle", fügte er hinzu.
„Und wenn einer nicht reden will?"
„Niemand muss reden. Ich würde ja auch am liebsten nicht zuhören. Sehen Sie, deshalb war ich ja auch so froh, dass dieser Fremde der Täter ist. Sie hätten ihn verhaftet, denn wie hätte ich ihn finden sollen? Sie hätten ihn verhaftet, ich hätte davon in der Zeitung gelesen und die Kette wäre unterbrochen gewesen. Ich wäre frei gewesen, aber so ..."

„Vielleicht ist er ja dennoch der Täter. Seien Sie nicht zu vorschnell mit Urteilen. Alle Polizeierfahrung sagt uns, dass man niemand am Anfang ausschließen kann. Selbst Sie nicht, wie ich Ihnen ja sagte. Möglich ist es dennoch, dass dieser Mann es war."

„Ja. Aber ..."

Sie schwiegen.

„Und nun wollen Sie den Täter finden." Carsten Wegener wiegte nachdenklich den Kopf. „Seien Sie ..."

„... vorsichtig, ja ich weiß."

„Und machen Sie uns nicht unnötig die Arbeit schwer." Carsten Wegener gab sich einen Ruck, wirkte auf einmal amtlich. „Wir halten nicht viel von selbstberufenen Detektiven. Und was Sie da oben an der Odde gemacht haben wegen dieses Blattes, war kein Ruhmesstück."

„Es tut mir Leid. Doch nachdem das Kind diesen Zettel gefunden hatte, dachten wir, es könnte noch mehr zu finden sein. Und es war doch so windig. Da sind wir halt die Düne rauf und runter."

„Und haben alle Fußspuren zerstört, falls welche da waren. Wir konnten nichts mehr feststellen. Die übrige Fläche war von der Flut bedeckt."

„Ich weiß, dass es falsch war. Zumal wir ja nichts gefunden haben." Frank Falke überlegte. „Kann man noch feststellen, wem dieses Blatt gehörte? Oder dürfen Sie mir das nicht sagen?"

„Doch. Ich will ehrlich sein. Ich weiß nicht ganz, was ich von Ihrer Geschichte halten soll. Aber: Die Polizei sind wir, das hat seinen Sinn. Auch wir versuchen, einen Täter oder eine Täterin zu verstehen. Glauben Sie mir das. Und das Blatt, ich befürchte, da wird nicht mehr viel zu machen sein. Der Regen, außerdem haben Sie und die ganze Familie Wieland ja auch noch den Zettel angefasst."

„Eins verstehe ich nicht ganz." Frank Falke sprang in seinen Gedanken. Er spürte, wie ihm der Kriminalkommissar sympathisch war. Er hatte ja nicht Unrecht mit seinem Hinweis auf

das Dilettantentum. „Bei meiner Wanderung ist mir nur Frau Marxen entgegengekommen. Überholt hat mich keiner. Die Wielands sind niemanden begegnet, sagten sie mir. Wo ist der Täter hin verschwunden?“
„Wie wäre es mit Frau Marxen? Wir werden mit ihr reden.“
„Und wenn sie es nicht war? Was ist mit dieser Erbschaftsgeschichte, von der ich Ihnen erzählt habe?“
Carsten Wegener lachte. „Wir sind doch erst am Anfang der Untersuchung. Glauben Sie, man hätte jetzt schon alle Fakten oder auch nur Ideen, wie es gewesen sein könne? Oder wer?“
„Und dieses Blatt“, Frank Falke mochte noch nicht aufhören, den Fall zu bedenken, „das muss ja einem der Dichter gehört haben. Entweder Lorenz Schmidt oder dem Täter. Wenn man nun feststellen könnte, dass es nicht Lorenz Schmidt gehört hat, dann ...“
„Kann man aber nicht. Jemand ist in Schmidts Zimmer gewesen und hat Dinge herausgeholt. Vielleicht auch das Blatt, falls es der Täter war und er den Verlust seines eigenen Blattes schon bemerkt hatte.“
„In seinem Zimmer?“ Frank Falke war überrascht. „Ein Fremder?“
„Frau Boysen sagt, nein. Der einzige Fremde, der im Hause war, allerdings auch in Schmidts Zimmer, war Dr. Schneiber. Aber der kann schlecht um Viertel nach drei Herrn Schmidt erschlagen und um Viertel vor vier in der Pension sein.“
„Aber dann ...“
„Seien Sie vorsichtig mit Ihren Schlüssen. Sonst muss ich Sie noch wegen Gemeingefährlichkeit einsperren lassen.“ Carsten Wegener lachte. „Vergessen Sie nicht, dass Knapproth und Hagedorn ein Alibi haben. So haben Sie es mir zumindest gesagt. Wir werden das natürlich noch überprüfen.“
„Dann bleiben ja nur die Frauen.“
„Sybille Marxen und Kattrin Engels. Falls das Blatt, das Sie gefunden haben, nicht doch dem Toten gehört. Aber ich habe Ihnen schon gesagt, Sie sollen ...“

„Sie verstehen mich nicht." Frank Falke schüttelte den Kopf. „Sie haben mich nicht verstanden. Ich habe in all diesen Fällen nur ein einziges Gespräch geführt. Und zwar mit dem Mörder."
„So?" Carsten Wegener sah ihn kritisch an. „Na, ich sagte ja schon, wir werden mit den Frauen reden." Er wandte sich ab. „Die Rechnung bitte."

XIII.

„Kann ich einen Augenblick mit Ihnen reden?" Dr. Schneiber verließ seinen Büchertisch, eilte auf Kattrin Engels zu. Es war kurz nach neun. Die tägliche Dichterlesung hatte stattgefunden, das Publikum war auf dem Weg nach Hause, einige wenige standen noch vor den Büchertischen, andere waren auf dem Weg ins Restaurant oder in die *Entenschnack-Bar*. Auch an diesem Abend wie schon am Tage zuvor war die Veranstaltung bis auf den letzten Platz besucht gewesen.
„Ja, worum geht es?"
„Ich möchte mich mit Ihnen unterhalten." Dr. Schneiber lächelte verhalten. „Wo ist Frau Marxen?"
„Woher soll ich das wissen?"
Dr. Schneiber sah sie überrascht an. Der schroffe Tonfall verblüffte ihn. Sonst waren die beiden doch unzertrennlich gewesen. Im Verein hatten sie schon oft gespottet, die Gedichte der beiden in einer gemeinsamen Ausgabe als MEW – Marx-Engels-Werke – herauszugeben. Er drängte den Gedanken zur Seite. Es kam darauf an, freundlich zu sein.
„Kommen Sie, hier ist ein Tisch frei." Er führte Kattrin Engels in die Bar. „Ah, da ist ja auch Frau Marxen."
Er komplimentierte Sybille Marxen zu ihnen an den Tisch. „Möchten Sie ein Glas Wein trinken? Und Sie, Frau Marxen?"
„Ich finde das eklig."
„Wie bitte? Den Wein?"
„Das Publikum. Haben Sie gesehen, wie viele da waren? Die

sind doch nicht wegen der Gedichte gekommen. Das hat Lorenz nicht verdient. Auch wenn er sich immer Publikum gewünscht hat.“ Plötzlich grinste sie. „Na ja, nun hat er es.“
„Also, so würde ich das nicht sehen. Immerhin wird hier bezaubernde Poesie geboten. Und das wir in den Veranstaltungen jetzt jeweils ein kurzes Epos von Herrn Schmidt voranstellen, nun, das ist eine Frage der Pietät. Ich würde wirklich sagen ...“
„Worüber wollten Sie mit uns sprechen, Dr. Schneiber?“ Sybille Marxen wirkte unruhig, schien auf dem Sprung zu sein. Der Ober kam. Ohne weiter zu fragen, bestellte er eine Flasche *Bourgogne haute côte de Baume a.C.* Er merkte, dass die beiden Frauen beeindruckt waren. Nun, mit Weinen kannte er sich aus.
„Also“, jetzt hieß es gut zu formulieren, „morgen haben wir keine Lesungen, wie Sie wissen. Am Abend ist ja Heiner Wehmuts Referat über *Trutz, blanke Hans – Das friesische Intermezzo des Detlef von Liliencron* dran, äh, aber das wissen Sie ja. Ein gutes Referat. Ich hoffe, es wird ebenso gut besucht sein wie die anderen Veranstaltungen. Aber... nein, es geht um die Jahreshauptversammlung morgen Nachmittag. Ich denke, wir werden nicht allzu lange brauchen. Kassenbericht, Rechenschaftsbericht des Vorstandes, den ich geben werde, Neuwahlen ...“
„Sie kandidieren wieder?“
„Ja. Soviel ich weiß, gibt es auch keinen Gegenkandidaten ...“ Er betrachtete die beiden genau. Keine verdächtige Reaktion. Der Wein wurde gebracht. „Na, denn Prosit ... Sie meinen, dass Herr Knapproth ...“ Also doch! Er hatte sich nicht getäuscht. Dr. Schneiber stellte das Weinglas hastig auf den Tisch zurück. „Genau darum geht es. Es wäre ein Katastrophe für unseren Verein. Dieser Mann im Vorstand. Ich“, er zögerte, „ich hoffe, Sie wissen, für wen Sie sich entscheiden würden.“
„Für Sie natürlich.“ Sybille Marxen sagte es ohne Argwohn.
„Danke. Sehen Sie, ich frage mich, ob Knapproth für unseren Verein überhaupt tragbar ist. Sein Verhalten – ich muss sagen,

nicht nur in den letzten Tagen, das haben Sie ja selbst miterlebt, vorher auch schon – finde ich vereinsschädigend."
„Sie wollen ihn also ausschließen." Kattrin Engels lachte kurz. „Ich habe mich schon gefragt, was hinter Ihrer Drohung vorgestern Abend stand."
„Also das ist zu viel gesagt. So ein Ausschluss ist nicht einfach, da müssen schon handfeste Gründe vorliegen. Es sei denn, natürlich", plötzlich stand ihm Schweiß auf der Stirn, „es sei denn, Herr Knapproth wäre am Tod des armen Schmidt doch nicht so unbeteiligt, wie er gesagt hat."
„Detlef Knapproth?"
Sie sagten es beide wie aus einem Munde.
„Na ja, wie soll ich es sagen. Fiel es Ihnen nicht auf, wie er sofort mit seinem Alibi zur Hand war?"
„Aber Knapproth war es nicht!"
Er schaute Sybille Marxen verblüfft an.
„Ich ... äh ... meine ..."
„Sie kann sich das nicht vorstellen", sagte Kattrin Engels kalt. „Sie hat andere Verdächtige. Ich übrigens auch. Und was ist mit jenem ominösen Unbekannten?"
„Soviel ich weiß, war dieser Pastor heute in Kiel, um ihn zu identifizieren. Sie haben da ein ganz effektives Computerprogramm, sagte man mir. Bei mir war die Polizei auch. Nur weil ich dummerweise gestern Nachmittag in Schmidts Zimmer gewesen bin. Na, wir werden wohl alle befragt, das gehört dazu, Sie ja auch." Die beiden Frauen nickten.
Er dachte an die geradezu peinliche Befragung am Nachmittag. Die Beamten der Mordkommission hatten drängend nach dem Grund seines Besuches gefragt und er hatte ausweichend geantwortet. Aber wie hätte er auch sagen können, dass er mit Lorenz Schmidt über seine Wiederwahl als Vorsitzender und über den Ausschluss Knapproths aus dem Verein hatte sprechen wollen. Schmidt wäre ein sicherer Verbündeter gewesen, bei seiner starren Moral, anders als diese beiden hier. Doch was halfs.

„Aber um noch einmal auf Knapproth zurückzukommen ..."
„Ja?"
„Sein ganzes Alibi besteht in der Aussage von Herrn Hagedorn. Und wie eilig er es hatte, es hinauszuposaunen. Da stimmt etwas nicht, bei Gott, das können Sie mir glauben. Ich ... äh ..." Er hielt inne, sah die beiden Frauen verschwörerisch an. „Helfen Sie mir! Helfen Sie mir aufzudecken, was dahinter steckt! Und da steckt etwas dahinter, das sage ich Ihnen. Es ... es soll auch Ihr Schade nicht sein. Ich ... ich habe da einige gute Beziehungen zu Verlegern und Buchhändlern. Also, was ist, sind Sie dabei?"
„Sie wollen, dass wir Detlef Knapproth nachspionieren?" Unglaube stand Sybille Marxen ins Gesicht geschrieben. „Aber das gehört sich doch nicht."
„Das musst du gerade sagen!"
„Kattrin, das war doch etwas anderes. Du ..."
„Jetzt sei endlich still! Das ganze nennt man Politik, Kleines. Nicht wahr, Dr. Schneiber? Es wird Zeit, Kleines, dass du das Leben kennenlernst."
„Das war nicht lieb."
„Ich bin nicht lieb. Merk dir das." Kattrin Engels schaute Sybille Marxen böse an. „Ich bin gefährlich, nicht wahr?"
„Ihr Unfall ..." Plötzlich fiel ihm der Unfall auf der Fähre ein. Detlef Knapproth hatte ihm davon erzählt. Hatte sie nicht beinahe Lorenz Schmidt die Beine abgefahren?
„Dem Wagen ist nichts passiert." Sie faltete ihre Hände, ließ die Gelenke knacken. „Meinem jedenfalls. Lorenz war hinterher auch noch gesund und munter, wenn Sie das meinen."
„Entschuldigung."
„Aber ..." Urplötzlich schien Sybille Marxen eine Idee zu kommen. Sie wandte sich an Dr. Schneiber. „Tut mir Leid ... Ich finde Ihre Idee doch gut. Ja, ich helfe Ihnen. Was soll ich tun?" Sie überlegte einen Augenblick. „Ich habe gestern Mittag gesehen, wie Herr Boysen sich mit Herrn Schmidt gezankt hat. Aber das hilft Ihnen nicht weiter, oder?"

„Nein.“ Dennoch atmete er auf. Soviel Dummheit auf einen Fleck. Aber es war ja gut gegangen. Sie würden ihm helfen. Die Geschichte mit dem Unfall hatte wohl wirklich nichts zu bedeuten. Und er war sicher, dass es bei Detlef Knapproth etwas zu finden gab. Darauf kam es an: Knapproth musste gestoppt werden. Er dachte laut nach. „Zuerst sollten wir Herrn Hagedorn einmal gründlich befragen.“ Er schaute sich instinktiv um, sah Ingmar Hagedorn unschlüssig im Eingang der Bar stehen. „Da drüben ist er. Warten Sie einen Augenblick!“

Er stand auf, ging hinüber zu Ingmar Hagedorn, bat ihn zu sich an den Tisch.

„Haben Sie etwas dagegen, wenn Pastor Falke auch mitkommt?“ Ingmar Hagedorn deutete auf den Pastor, der neben ihm stand. Dr. Schneiber seufzte. Wenn das so weiterging, wurden dieser Pastor und Hagedorn auch so ein Pärchen wie Marxen und Engels. Na, so vielleicht nicht.

„Nein, natürlich nicht.“

Sie gingen hinüber, setzten und begrüßten sich.

„Na, wie war es in Kiel, Herr Falke?“ Kattrin Engels schaute den Pastor neugierig an.

Pastor Falke zuckte mit den Achseln. „Na ja, ich weiß nicht so recht. Vielleicht ist es mir ja gelungen, das Gesicht dieses Fremden zu beschreiben. Vielleicht. Ich bin nicht sicher.“

„Hätten Sie nicht Lust, morgen zu uns zu kommen, Pastor Falke? Unser Verein führt seine Jahreshauptversammlung durch, Gäste sind zugelassen. Und es gibt auch fördernde Mitglieder. Wäre das nicht was?“

„Danke, aber ... morgen beginnt der Klausurkonvent der Pastoren. Deswegen bin ich ja hergekommen.“

„Oder morgen Abend? Eins unserer Mitglieder hält einen wunderbaren Vortrag über Detlef von Liliencrons friesische Zeit. Wussten Sie, dass Liliencron nur 19 Monate als Landesvogt auf Pellworm war? In dieser Zeit hat er das wohl berühmteste Gedicht über die Nordsee geschrieben.“ Dr. Schneiber schloss die Augen, konzentrierte sich. „„...

Von der Nordsee, der Mordsee, vom Festland geschieden,
liegen die friesischen Inseln im Frieden.
Und Zeugen weltenvernichtender Wut,
taucht Hallig auf Hallig aus fliehender Flut.
Die Möwe zankt schon auf wachsenden Watten,
der Seehund sonnt sich auf sandigen Platten.
Trutz, blanke Hans.

Im Ozean, mitten, schläft bis zur Stunde
ein Ungeheuer tief auf dem Grunde.
Sein Haupt ruht dicht ...“

Er brach ab, spürte plötzlich, dass ihm keiner zuhörte. „Na ja“, er wandte sich abrupt Ingmar Hagedorn zu, „was ich eigentlich fragen wollte, Herr Hagedorn, bezieht sich auf Ihr Alibi.“
„Mein Alibi?“ Ingmar Hagedorn sah ihn verwirrt an. „Welches Alibi? Ich habe kein Alibi.“
„Das ist ja interessant.“ Er spürte, dass er auf der richtigen Fährte war. „Gestern Abend aber sagten Sie doch, Sie hätten Herrn Knapproth am Nachmittag getroffen.“
„Ach das. Ein Zufall, nicht wahr?“ Ingmar Hagedorn lächelte scheu. „Wo ich doch den ganzen Tag allein war. Nur zu Mittag war ich zu Hause. Und gestern Vormittag habe ich diese Enkelin von Frau Boysen in der Fußgängerzone getroffen. Sie wartete, glaube ich, auf jemanden. Aber sonst war ich allein. Den ganzen Tag.“
„Es geht mir ja nicht um Sie. Aber, Hand aufs Herz, war Knapproth wirklich in der Fußgängerzone um Viertel nach drei?“
„Viertel nach drei?“ Pastor Falke sah überrascht auf. „Da ist der Mord geschehen.“
„Eben. Sehen Sie, Hagedorn, vielleicht hat Sie ja Knapproth gebeten, für ihn auszusagen. Das würde nämlich gut zu ihm passen. Und so ein lieber Mensch wie Sie ...“
„Den ganzen Tag war ich allein.“ Ingmar Hagedorn schien

nicht zugehört zu haben. „Vormittags war ich auf dem Kniepsand und bin gewandert. Fast bis zur Spitze, da, wo man Sylt so nahe ist. Und am Nachmittag war ich in diesen großen Dünen. Auf den Wegen, da bin ich nass geworden, habe die Entfernungen unterschätzt. Hinter dem Kniepsand, ich weiß nicht, wie das heißt ..."
„Hat Knapproth Sie gebeten, für ihn auszusagen?" Dr. Schneiber fand es an der Zeit, energisch zu werden. „Geben Sie sich doch einen Ruck. Heraus mit der Sprache!"
„Wie? Nein!"
„Entschuldigen Sie mich", Pastor Falke erhob sich, „ich möchte noch ein wenig spazieren gehen. Ein herrlicher Abend und die Sonne geht bald unter."
Ingmar Hagedorn warf dem Pastor einen merkwürdigen Blick zu, schien zu überlegen, ebenfalls aufzustehen. Dann wandte er sich abrupt an Dr. Schneiber. „Ich ... ich hätte da auch noch eine Frage. Sie wissen das bestimmt: Was ist die Strafe für Abschreiben? Ich meine, für ein Plagiat?"
„Nun fangen Sie nicht damit an." Dr. Schneiber fiel auf, dass der Pastor stehenblieb, zuhörte.
„Genau!" pflichtete Sybille Marxen ihm erschrocken bei. „Was soll das?" Ihre Freundin warf ihr einen sonderbaren Blick zu.
„Diese dumme Bemerkung von Schmidt vorgestern Abend. Das hat doch nichts zu sagen."
„Und was bekommt man dafür?"
„Nun, wenn Sie es genau wissen wollen, bis zu drei Jahren Haft. Oder eine Geldstrafe, die sehr hoch sein kann. Aber was hat das hiermit zu tun?"
„Ich wollte es nur wissen."
„Ist das alles?" Dr. Schneiber sah Ingmar Hagedorn verärgert an. „Oder wollen Sie noch mehr wissen?"

XIV.

Die Sonne ging über dem Meer unter. Frank Falke schlenderte den Bohlenweg zum Strand hinunter. Der Anblick war überwältigend – cumulus- und zirruswolkenartige Gebilde bedeckten den Himmel mit ihren Streifen von Weiß und Grau, dazwischen die Sonne, die in ihren flammenden Farben die ganze Weite beherrschte, vom strahlenden Weiß zu Gelb zu Orange zu Rot übergehend, um sich an den Rändern im Blaugrau des Himmels zu verlieren. Darunter das Meer, eine schwarz bewegte Fläche, auf der die helle Leuchtspur der untergehenden Sonne sich in der Unendlichkeit verlor. Falke ging weiter durch den Sand, durch die Armada der Strandkörbe hindurch bis zum Wasser, blieb stehen. Auch hier im nassen, sanft von Wellen bespülten Brandungsbereich spiegelte sich die Sonne in warmen orangen Tönen. Der Wind hatte sich gelegt, alles atmete eine sonderbare Friedlichkeit. Einem Impuls folgend zog er seine Schuhe aus, tauchte erst einen Fuß, dann den anderen vorsichtig ins Wasser, ging ein paar Schritte ins seichte Meer hinein. Das Wasser fühlte sich kühl, aber nicht kalt an. Ihm fiel auf, dass dies sein erster wirklicher Kontakt mit dem Meer war, seit er die Insel betreten hatte. Was war alles geschehen, seit er vor zwei Tagen auf Amrum angekommen war! Mord und Totschlag, besser: Mord oder Totschlag. Auf jeden Fall hatte das Grauen der menschlichen Seele ihn wieder erreicht. Er blieb stehen, ehrfürchtig den Himmel betrachtend, sah den Kniepsand entlang, genoss die Einsamkeit, die Friedlichkeit dieses einen abendlichen Augenblicks, jenen Moment, in dem die Natur allein zu ihm sprach, erstaunte sich an der Großartigkeit dieses von aller menschlichen Bosheit erhabenen Naturgeschehens.

Die Sonne versank zunehmend im Meer. Frank Falke atmete noch einmal tief durch, wandte sich endlich zögernd ab, begann barfuß durch den Sand zurückzugehen. Die Strandhalle glänzte mit goldenen Fenstern, der Fahnenmast davor ein ge-

heimnisvoller grauer Botschafter, mit verborgenen Zeichen bestückt. Der Sand fühlte sich gut an; hier auf der Insel, so hatten ihm die anderen erzählt, war es ein warmer, schöner Tag gewesen. Sein Fuß stieß gegen eine Muschel. Er blieb stehen, hob sie auf, erkannte sie als Venusmuschel, Venerupis pullastra, steckte sie gedankenverloren in seine Jackentasche.
Wieder erreichte er den Bohlenweg, beschloss die Schuhe wieder anzuziehen, säuberte seine Füße vom Sand. Es mochte jetzt zehn Uhr sein, Zeit für den Heimweg, Zeit, schlafen zu gehen.
„Sind Sie ein echter Pastor?"
Frank Falke schaute sich überrascht um. Neben ihm stand das junge Mädchen, das er bei den Boysens gesehen hatte. Was hatte Frau Boysen noch gesagt: ihre Enkelin?
„Du bist ..."
„Jessica. Ich bin bei Oma, das wissen Sie doch. Sind Sie nun ein echter Pastor?"
„Ja." Sie verließen langsam den Strand, gingen an den nun verschlossenen Ständen der Strandkorbverleiher vorbei, vorbei an Schwimmhalle und Naturschutzverein, erreichten die Straße.
„Geben Sie auch Konfirmandenunterricht? Bei uns ist er stinklangweilig. Aber ich geh sowieso nicht mehr hin. Muss das immer so öde sein?"
„Ich hoffe nicht." Frank Falke lächelte. „Wieso gehst du nicht mehr hin?"
„Meine Eltern lassen sich scheiden. Deshalb bin ich ja auch bei Oma und Opa. Doch ich muss in der Küche schlafen, weil alle Zimmer voll sind. Aber morgen krieg ich das Zimmer von der Leiche."
„Oh, das tut mir Leid."
„Mir macht das mit der Leiche nichts."
„Das meinte ich nicht. Ich meinte, dass deine Eltern sich scheiden lassen."
„Ach das", sie machte eine trotzige Gebärde, „na und? Macht mir auch nichts. Ist deren Sache."
„Das glaube ich dir nicht."

„Ist doch egal.“
Sie schwiegen, gingen an der Reihe der Kurkliniken vorbei, bogen auf den *Miadwai* ein.
„Bist du auch spazieren gegangen?“ versuchte Frank Falke das Gespräch wieder in Gang zu bringen.
„Nein.“
Auf einmal kam ihm eine Idee. „Du bist verliebt?“
Plötzlich erstrahlte ihr Gesicht. „Ja. Aber Oma darf das nicht wissen. Oma versteht das nicht.“ Sie sah ihn fragend an. „Sie sagen doch nichts, oder? Das dürfen Sie als Pastor nicht, oder? Hat unser Pastor gesagt.“
„Ich sage nichts. Ehrenwort.“
Er sah sie an. In gewisser Hinsicht beneidete er sie. Er hatte Annette schon früh im Studium kennengelernt, dennoch war sie nicht seine erste Liebe gewesen. Er erinnerte sich noch gut daran, wie er zum ersten Mal verliebt gewesen war. Es war auf dem ersten Klassenfest in der Oberstufe geschehen. Tagelang hatte er sich nicht getraut, das Mädchen anzusprechen, hatte kaum essen und kaum schlafen können voll innerer Erregung und Bewegung. Und er erinnerte sich noch gut an die Verständnislosigkeit der Erwachsenen, für die sein Zustand nichts anderes gewesen war als eine vorübergehende Kinderkrankheit. Dabei war es eines der ernsthaftesten und größten Erlebnisse in seinem bis dahin sechzehnjährigen Leben gewesen.
Er lächelte Jessica an. „Ich freue mich für dich. Ist es ein netter Junge?“
„Jungens sind doof.“
„Aber ...“
Sie streckte ihre Hand vor. „Das hat er mir geschenkt.“ An ihrer Hand glänzte ein Ring. „Der ist echt. Aber Sie dürfen Oma wirklich nichts sagen. Und morgen bekomm ich eine neue Karte fürs Handy. Meine ist abgelaufen.“
„Dann bist du ihm aber viel wert. Er hat Geld, dein Freund?“
„Hat er.“ Jessica grinste.
Frank Falke nickte erneut. Sie standen vor dem Eingang zur

Pension Deichkrone. Er sah, wie Jessica den Ring abnahm und verstohlen in ihre Tasche gleiten ließ. Dann, ohne zu klopfen, öffnete sie die Tür. Unvermittelt darauf tauchte Frau Boysens Gesicht aus der Küche auf.

„Wo bist du gewesen, Jessica?"

„Sie ist ein bisschen mit mir spazieren gegangen, Frau Boysen. Wir haben uns den Sonnenuntergang angeschaut und ein wenig unterhalten."

„Ach so, na dann." Ihre Miene wurde freundlicher. „Du kannst zu Bett gehen, Jessica, die Luftmatratze ist fertig. Morgen hast du ein eigenes Zimmer."

„Ja, Oma, danke. Gute Nacht, Herr Pastor." Jessica warf ihm einen dankbaren Blick zu, entfernte sich in Richtung Küche.

„Gute Nacht, Jessica. Gute Nacht, Frau Boysen." Er wandte sich ab, wollte die Treppe hinaufgehen.

„Herr Pastor ..."

Er drehte sich wieder um. „Ja?" Frau Boysen schien etwas auf dem Herzen zu haben.

„Kommen Sie doch mit in die Stube. Ich muss mit Ihnen reden."

Sie gingen in die gute Stube, die an die Gaststube anschloss, ein kleiner Raum mit Fernseher und Bücherregal, der in seiner Offenheit zum Gastraum hin sicher nur begrenzte Privatheit bot. Sie setzten sich.

„Möchten Sie einen Tee?"

„Nein, danke."

„Unser Pastor war auch hier, Pastor Cornelius. Heute Nachmittag. Kam mit dem Rad, kommt er immer. In der Kirche ist er mir ein bisschen zu theatralisch, aber nett ist er und die Kurgäste mögen das. Außerdem kann er zuhören."

„Ja."

„Er hat auch Bücher geschrieben. Aber keine Gedichte."

„Ja."

„Und auch keinen Kriminalroman."

„Wie kommen Sie darauf?"

„Da gibt es doch einen, der so was macht. Unser wollte auch mal, glaube ich, hat er aber nicht. Gehört sich auch nicht für einen Pastor, finde ich."
„Nein."
„Aber was ich sagen wollte ..." Das Telefon klingelte. „Das ist für Sie, Ihre Frau. Sie hat vorhin schon angerufen."
„Meine Frau?"
Frau Boysen nickte, nahm den Hörer ab. Ihrem Gesichtsausdruck nach schien es nicht seine Frau zu sein.
„Für Sie." Frau Boysen reichte ihm den Hörer.
„Wer?" Er nahm den Hörer entgegen.
„Moin, Herr Pastor. Also Kinder, Kinder, was Sie da schon wieder machen, Herr Pastor. Kam grad im Fernsehen, das mit dem Mord und so. Sie kann man ja nicht mal ´nen Moment allein lassen, ohne dass Sie über einen Toten stolpern. Kinder, Kinder, ich habe gerade zu Asmus gesagt, das ist doch unser Pastor, der die Leiche gefunden hat." Es war Heiner Langmaack, Bauer in Klein Hasenberg und sein Stellvertreter im Kirchenvorstand. „Herr Pastor, soll ich zu Ihnen kommen? Brauchen Sie Hilfe?"
Frank Falke erschrak. Alles, nur das nicht. „Nein danke, Herr Langmaack. Die Polizei scheint hier recht tüchtig zu sein. Das wird schon werden."
„Na ja, wenn Sie meinen, Herr Pastor." Enttäuschung klang in seiner Stimme mit. „Aber wie ich gerade zu Asmus sagte ..."
„Gibt es etwas Neues im Dorf?" unterbrach Frank Falke den erneut anschwellenden Redefluss schnell.
„Eigentlich nicht. Die Regenrinne von der Kirche ist kaputt, da kommt der große Wasserfleck oben bei der Empore her. Aber das wissen Sie ja. Ich habe gerade mit Hermann gesprochen, der geht da nach Feierabend mal mit der Leiter hoch. Für Alfred ist das ja nichts", Alfred Langbehn war der Küster im Ort, „das sind gut zehn Meter bis zur Rinne. Der fällt uns da noch runter. Hermann dagegen ..."
Es dauerte eine Viertelstunde, bis Frank Falke endlich den Hö-

rer auflegen konnte. Er wandte sich Frau Boysen zu, die die ganze Zeit geduldig in ihrem kleinen Sessel gesessen hatte.
„Ob ich von hier meine Frau anrufen dürfte?“
„Das dürfen Sie. Aber ...“
Ach ja, Frau Boysen hatte etwas auf dem Herzen. Nach dem Überfall durch Heiner Langmaack hätte er es beinahe vergessen. „Worum geht es denn, Frau Boysen?“
„Ja, also. Gestern Abend, Sie wissen doch, nachdem wir alle unten gesessen hatten und die Polizei gekommen war ...“ Plötzlich sah sie ihn streng an. „Ich lausche nicht, wenn Sie das denken sollten. Das habe ich nie getan. Ich hatte mein Küchentuch vergessen, das war es. Und da habe ich durch die Tür gehört, wie sich die eine Frau bei der anderen für den Mord bedankt. Was sagen Sie nun?“
Er sah sie verblüfft an. „Sind Sie sicher? Welche der beiden Frauen?“
„Ich weiß es nicht. Ich konnte es nicht heraushören.“
„Haben Sie Ihrem Pastor davon erzählt?“
Sie zögerte. „Nein. Ich wollte ihn da nicht mit hineinziehen. Und Sie müssen ja doch mit der Polizei reden, als Zeuge und so. Außerdem: Lauschen ist niemals gut, schon gar nicht, wenn man Gäste hat. Wenn man damit anfängt, sollte man die Zimmer dicht machen. Aber: Gehört ist gehört. Und wenn es nun etwas ganz anderes bedeutet?“
„Was?“
„Ich weiß nicht. Ich wollte, dass Sie es wissen. Das ist alles.“
„Die Polizei war doch auch heute Nachmittag hier, oder?“
„Ich habe nichts gesagt. Ja, sie haben das Zimmer von Herrn Schmidt untersucht. Pastor Falke, verstehen Sie mich richtig, ich möchte keine Gerüchte in die Welt setzen. Es wird schon genug geredet.“
„Das verstehe ich.“
„Haben Sie sich gut mit Jessica unterhalten?“ Sie wechselte das Thema. „Ich mach mir Sorgen um Sie. Okke auch. Okke ist mein Mann. Sie ist bei uns zu Besuch, aber ...“

„Wir haben uns gut unterhalten.“ Frank Falke überlegte, ob er etwas sagen sollte, etwas andeuten, unterließ es aber. Er war bei Jessica im Wort, hatte ihr versprochen, nichts zu verraten, auch wenn er sicher war, dass es Frau Boysen helfen würde, ihre Enkelin zu verstehen.
„Stammen Sie eigentlich von der Insel?“
„Ich komme von Wyk. Aber Okke ist von hier. Das heißt, eigentlich seine Eltern.“ Frauke Boysen ging bereitwillig auf den Themenwechsel ein. „Okke ist in Hamburg geboren. Seine Mutter ist dann zurück mit beiden Söhnen auf die Insel, nachdem der Vater tot war. Hatte was geerbt. Die Mutter hat dann das schöne Häuschen hier gebaut. Tja, meine Schwiegermutter hat es nicht einfach gehabt, allein mit den beiden Jungen. Und sie hat ... Was starren Sie mich so an?“
„Oh, äh, Entschuldigung.“ Die Erbschaftsgeschichte war ihm eingefallen. „Herr Schmidt hat mir etwas von einer alten Erbschaftsgeschichte erzählt, deswegen, ich dachte plötzlich ...“
„Sie wollen doch nicht meinen Okke da mit reinziehen“, sie bebte plötzlich vor Empörung. „Also, alles, was recht ist, aber ... wenn Sie mir so kommen, Herr Pastor, dann ...“
„Nein, tut mir Leid, wirklich nicht.“ Er fragte sich, ob er gerade die Wahrheit sagte. War es nicht doch möglich, dass Okke Boysen der Adressat jener seltsamen Erbschaftsgeschichte war? „Wirklich nicht. Und wie haben Sie gesagt: Man soll keine Gerüchte in die Welt setzen.“
„Das will ich wohl meinen.“
Er entschuldigte sich noch einmal. Sie sagten einander gute Nacht. Fünf Minuten später war er oben in seinem Zimmer. Er legte sich aufs Bett, zog lediglich seine Schuhe aus, schloss die Augen. Den Anruf an Annette hatte er auf morgen verschoben. Sie stand immer früh auf, da konnte er gut noch vor dem Konvent anrufen. Er fühlte sich müde und ausgelaugt, merkte, wie ihm alles zu viel wurde. Für einen kurzen Moment hatte er überlegt, morgen die Fähre zu besteigen und einfach wegzufahren. Wie Jona. Eben: Wie Jona! Er würde nicht entkommen

können. Wahrscheinlich würde sich dann der Mörder – welch Zufall! – auf der Fähre befinden. Oder die Fähre würde wegen Motorschaden nicht fahren oder die Polizei würde ihn nicht von der Insel lassen oder ... Absurde Gedanken! Dennoch: Er hatte keine Ahnung, wie er den Täter finden sollte. Auch wenn er in den anderen Fällen am Ende tatsächlich mit ihm gesprochen hatte – na und? Diesmal war alles so verwirrend, so schrecklich uneindeutig. Der Fremde, der eine halbe Stunde nach dem Mord den Leichnam ins Wasser zu ziehen versuchte, Sybille Marxen, die log, als sie behauptete, den toten Lorenz Schmidt nicht gesehen zu haben ... Überhaupt die beiden Frauen, jener seltsame Dank für den Mord, von dem ihm Frau Boysen soeben erzählt hatte. Vielleicht aber war das alles ganz einfach. Sybille Marxen ermordet Lorenz Schmidt ... wegen ... weil ... Ja, da war doch der Verdacht mit dem Plagiat gewesen. Seltsam, dass Ingmar Hagedorn vorhin im Hotel Hüttmann darauf zu sprechen gekommen war. Und dann bedankt sich Frau Engels bei ihr für den Mord ... Nein, das wiederum ergab keinen Sinn, jedenfalls keinen, der ihm bekannt war. Irgendwie war das alles nicht so einfach. Nun, das würde die Polizei sicher herausfinden. Oder er selbst, aber ... Berufung hin oder her, er hatte da erhebliche Zweifel. Dann vorhin die Sache mit Knapproths Alibi. Schon dreist von diesem Vereinsvorsitzenden, Herrn Hagedorn so zu bedrängen.

Schließlich diese Erbschaftsgeschichte, die Lorenz Schmidt ihm kurz vor seinem Tod erzählt hatte. Irgendwie war er sicher, dass Schmidt noch mit einem Erben gesprochen oder es zumindest versucht hatte. Aber wer? War es Okke Boysen gewesen? Was hatte Schmidt gemacht, nachdem er ihn in Gesellschaft von Kattrin Engels auf dem Friedhof der Namenlosen zurückgelassen hatte?

Plötzlich kam ihm eine Erinnerung. Es war etwas, was er über Schmidt und das Einzelzimmer gehört hatte. Und zwar ... Die Erinnerung verschwamm. Was war es gewesen? Wieder so eine Erinnerungslücke! Plötzlich noch eine Idee, eine Frage: Wer war es, der dafür gesorgt hatte, dass das Dichtertreffen hier auf der Insel stattfand? Vielleicht Schmidt selbst? Um seine Theorie zu überprüfen und dann einen seiner Dichterkollegen mit der Wahrheit zu konfrontieren? Vielleicht.

Er musste gähnen, Zeit, dass er zur Ruhe Ende fand. Morgen begann jedenfalls der Pastorenkonvent im *Haus Altenwerder,* vorhin auf dem Weg zum Strand war er daran vorbeigekommen. Ein Stück Normalität in all dem, was um ihn herum geschah. Ein sicherer Hafen, ein Gebiet, in dem er sich auskannte, mit „Schwestern" und „Brüdern", wie sie sich gerne nannten, über die ewig frustrierende und sorgenvolle Frage nach der Zukunft der Kirche zu diskutieren. Trotzdem eine Welt ohne Mord und Verdächtigungen, eine mentale Heimat, auch wenn sie ihm zugleich fremd war. Die wenigen Freunde unter den Kolleginnen und Kollegen würden morgen nicht da sein, hatten den Konvent abgesagt. Dennoch, er freute sich auf morgen früh. Morgen um neun begann der Konvent. Die meisten Kollegen waren wahrscheinlich bereits angereist, übernachteten heute schon im Tagungshaus. Er hätte heute Abend auch dorthin gehen können, aber ...

Es klopfte.

„Herein!" Er schwang die Füße aus dem Bett. „Was gibt es noch, Frau Boysen?"

„Hier." Frau Boysen deutete auf einen kleinen Papierschnipsel mit verbranntem Rand. „Eigentlich sollte ich Ihnen das gar nicht zeigen, nach dem von eben. Doch ... hier ... das habe ich gerade erst gefunden. Bei der Haustür. Aber innen. Und was meinen Sie, was das ist? Der Rest von dem Totenschein. In meinem Haus."

„Ein Totenschein?" Niemand hatte ihm von einem Totenschein erzählt. „Was für ein Totenschein?"

XV.

„Auch wenn die Kirche noch so tot scheint, jedenfalls in den Augen mancher, wir alle wissen: dem ist nicht so." Die Referentin, eine junge Frau, Doktorandin am Fachbereich Theologie der Universität Hamburg, deren Spezialgebiet die letzte EKD-Umfrage zur Kirchenmitgliedschaft war, sah in die Runde. „Die Kirche Jesu Christi kann niemals sterben. Und auch alle Untersuchungen der letzten Jahre sprechen eine andere Sprache."

Sie saßen im Stuhlkreis im großen Tagungsraum vom *Haus Altenwerder,* zwanzig Pastorinnen und Pastoren, seit rund einer Stunde dabei, der Vortragenden zu lauschen. Das Haus strahlte unverkennbar den Charme der siebziger Jahre aus, schien eher für Konfirmanden als für erwachsene Pastoren geeignet, das Mobiliar robust und keineswegs feinsinnig – einige der Kollegen hatten Frank Falke schon bei der Begrüßung am Morgen mit den Unzulänglichkeiten der Unterbringung behelligt.

„Die Kirche wird nicht sterben, das ist kein Artikel des Glaubensbekenntnisses, sondern, zumindest für die nächste Zeit, eine solide soziologische Erkenntnis. Doch die Kirche verändert sich, sie ist nicht mehr die Kirche wie vor fünfzig Jahren, das gilt es wahrzunehmen. Kirche bei Gelegenheit ist das neue Stichwort. Die Art und Weise, wie die Christen an ihrer Kirche partizipieren, verändert sich. Am deutlichsten wird das vielleicht im Sonntagsgottesdienst. Hier auf der Insel", sie lächelte, „mag das ja anders sein, aber ansonsten leeren sich die Kirchen. Am Sonntag, wohlgemerkt, nicht ... Ja bitte?"

Frank Falke sah sich um. Einer der älteren Kollegen, Pastor Strietzky, hatte sich zu Wort gemeldet.

„Gottes Wort muss gesagt werden! Auch wenn die Menschen es in unserer materialistischen Gesellschaft nicht mehr hören wollen. Gerade dann! Wir haben einen Auftrag, eine Botschaft! Und wenn ich dann sehe, wie da einige von unseren jungen Amtsbrüdern ..."

„Und Schwestern!“ rief eine Kollegin dazwischen.
Frank Falke starrte den Amtsbruder fasziniert an. Ihm war, als wäre er plötzlich in den Dichterverein hinübergewechselt, sah plötzlich Dr. Schneiber vor sich, der mit ebensolcher Inbrunst ebensolche Worte hätte sagen können. War dies das geheime Band zwischen dem Club der Dichter und der Kirche, der Grund dafür, dass ihm dieser Dichterverein in irgendeiner Weise so unangenehm vertraut vorkam, dieses Bewusstsein, eine Botschaft zu besitzen, die aber keiner mehr hören wollte? Das Wehklagen über die Welt, die das eigene Bemühen nicht achtete? Die Bessenheit, mit der auf die eigene Berufung gepocht wurde? Wie auch Schmidt es getan hatte. Und aus all dem folgend ein fast gnadenloser Kampf der Eitelkeiten ... bis hin zum Mord?
„Sie haben mich nicht verstanden“, die Referentin bemühte sich sichtlich um Freundlichkeit, „die Botschaft wird gehört, ja mehr noch, gerade die McKinsey-Studie und auch die Untersuchungen der EKD-Studie selbst zeigen, dass genau dies von der Kirche erwartet wird: dass sie ihre Botschaft sagt. Und doch wird die Botschaft anders antizipiert als früher.“
Pastor Strietzky lehnte sich murrend auf seinem Stuhl zurück. Frank Falke schaute sich um, sah in die Gesichter der gleichaltrigen, der jüngeren Kolleginnen und Kollegen. Nein, er tat der Kirche Unrecht, sie hatte sich wirklich verwandelt, war in der Mehrzahl nicht mehr die Welt des Pastor Strietzky. Die Zeit der pastoralen Alleinherrscher war in der Regel vorbei, das allgegenwärtige Wehklagen über die Gottlosigkeit der Welt ebenfalls. Vor allem die jüngeren Kolleginnen und Kollegen kamen aus dieser Welt und lebten in ihr. Obwohl es da auch Ausnahmen gab.
„Kirche wird heute wahrgenommen“, die Referentin hatte ihren Vortragsfaden wieder aufgenommen, „entlang der eigenen Biographie. Gerade in den sogenannten biographischen Krisen – also: Geburt, Erwachsenwerden, Heirat und Tod – kommt der Kirche eine unverzichtbare Aufgabe zu. Und es ist

nicht nur die Amtshandlung, die nachgefragt wird: Taufe, Konfirmation, Hochzeit und Beerdigung, sondern immer wieder und zunehmend das persönliche Gespräch mit der Pastorin oder dem Pastor, wie überhaupt alle Untersuchungen zeigen, dass hier die entscheidende Schnittstelle zwischen der Kirche und ihren Mitgliedern liegt. Die Pastorin, der Pastor von heute ist ..."

Erneut begannen Frank Falkes Gedanken zu wandern. Er kannte das sogenannte Anforderungsprofil an seinen Beruf. Teamfähig hatte ein Pastor zu sein, kommunikationsfähig ... Er überlegte, war er selbst kommunikationsfähig in diesem modernen Sinn? Er kannte seine Schwierigkeiten, seine Zurückgezogenheit, seine wenig dramatische Art, sich in Szene zu setzen. *Frank Falke ist ein eher trockener, blass wirkender Pastor, der es allen Recht machen will und mit keinerlei Humor gesegnet ist (Süddeutsche Zeitung vom 9. Januar 2000),* so hatte ein Journalist über ihn in einer Reportage über Dorfpastoren geschrieben. Dieser Satz hatte ihn geärgert. Natürlich, er war kein Witzbold, aber ... Weiter hatte der Mann geschrieben: *Falke ist der pflichtbewusste, korrekte Hirte, den man sich kaum in einer bierseligen Runde im Dorfkrug vorstellen kann.* Na ja, so ganz falsch war das nicht. Aber war es falsch, pflichtbewusst zu sein? Frank Falke erinnerte sich noch gut an das Gespräch mit dem Journalisten, seltsamerweise hatten sie fast nur über Kriminalromane gesprochen, obwohl er solche Bücher selten las. Aber irgendwie hatte es sich so ergeben.

„Ich danke Ihnen für ihre Aufmerksamkeit!" Der Vortrag war zu Ende. Frank Falke fühlte sich bei seiner Unaufmerksamkeit ertappt, folgte den Kolleginnen und Kollegen, die sich von ihren Stühlen erhoben. Es war Mittagszeit. Einem spontanen Entschluss folgend verließ er das Haus, trat auf die Straße, die Fußgängerzone. Die Sonne schien, Wärme umgab ihn, ein herrliches Wetter. Drinnen hatte man davon kaum etwas mitbekommen. Frank Falke blinzelte der Sonne entgegen, weitete sich. Er fühlte sich unkonzentriert. Heute Morgen hatte er lan-

ge mit Annette gesprochen. Zu seiner Verwunderung hatte sie kaum etwas gesagt, hatte ihm lange und intensiv zugehört und ihm dann viel Glück für seine weiteren Vorhaben gewünscht. Er war ihr dafür dankbar gewesen.
Er blickte zurück aufs Tagungshaus, sah Pastor Strietzky mit geschwellter Brust auf ihn zukommen. Das gab den Ausschlag. Fluchtartig setzte er sich in Bewegung, ging die Fußgängerzone in Richtung Strand entlang. Er würde nicht mit den Kollegen zu Mittag essen und das, obwohl er sich noch gestern so auf dieses Stück Normalität seines Lebens gefreut hatte. Aber im Augenblick war ihm auch diese Welt fremd.
Er ging weiter. Radfahrer kamen ihm entgegen, ordnungsgemäß ihr Fahrrad vor sich her schiebend, Familien mit kleinen Kindern, die das jüngste Mitglied der Familie in roten oder blauen Bollerwagen hinter sich her zogen, wie es sie überall auf der Insel zu mieten gab. Zwei Rentner mit Rucksack, Vogelfreunde, wie ihm schien, mit Fernrohr und Wanderstiefeln bewaffnet, gingen vorbei. Ein korpulenter junger Mann auf einer Parkbank fiel ihm auf. In jeder Hand hielt der Mann eine Eistüte. Und während er selbst an dem einen Eis lutschte, streckte er die andere Eistüte seinem Hund entgegen, einem kleinen Terrier, der brav Eis leckend zu seinen Füßen hockte. Ein absurdes Bild! Frank Falke schüttelte den Kopf. Zugleich erinnerte ihn die Szene an etwas. Ach ja, am Sonntag Vormittag nach der Kirche hatte er Detlef Knapproth gesehen, ebenfalls in jeder Hand mit einer Eistüte. Nun, sicher war sein zweites Eis nicht für einen Hund bestimmt gewesen.
Wenn man den Teufel nennt ... „Tag, Herr Pastor!" Detlef Knapproth kam jovial auf ihn zu, in seinem Gefolge Ingmar Hagedorn hinter sich her ziehend.
„Sie sind nicht bei der Arbeit? Heute beginnt doch Ihr Treffen, oder?"
„Mittagspause." Frank Falke lächelte. Eine Idee kam ihm. Es galt, den Stier bei den Hörnern zu packen.
„Kannten Sie eigentlich Herrn Schmidt persönlich?"

„Wieso?" Detlef Knapproth sah ihn indigniert an. „Wieso fragen Sie?"
Er hätte sich ohrfeigen können. Aber bei allem Gerede über seine angebliche Berufung besaß er eben kein Talent für en passant geführte Verhöre. „Ich dachte gerade an ..."
„Nein." Ingmar Hagedorn schüttelte den Kopf. „Ich kannte ihn nicht. Herr Knapproth hat ihn mir gezeigt."
„Ja genau." Der Argwohn verflog. „Stimmt, als wir hier ankamen, im Bus, nicht wahr, Hagedorn? Wir sprachen gerade über die Engels und ihren komischen Unfall auf dem Schiff. Da allerdings", Detlef Knapproth hielt inne, machte eine bedeutungsvolle Geste, „da könnte ich Ihnen nun wirklich was erzählen. Als Pastor interessiert man sich ja wohl für alles, nicht wahr? Selbst für Morde. Das Gefallene im Menschen und so, na ja. Was ist, gehen wir zusammen essen? Doch, ich denke, ich sollte Ihnen etwas erzählen."
Sie setzten sich in Bewegung, gingen zurück, gingen gemeinsam den *Strunwai* entlang, vorbei am Buch- und *Fotogeschäft Quedens,* den verschiedenen Cafés und Hotels, dem Tagungshaus, in dem die Kollegen und Kolleginnen wohl gerade zu Mittag aßen, dem etwas zurückgelegenen, reetgedeckten ochsenblutroten Friesenhaus, das wie ein Fremdkörper in der Reihe der modernen Geschäfte wirkte, vorbei an den Andenken-, Schmuck- und Modegeschäften und schließlich dem *Kaufhaus Jannen.* Eine ältere Frau fiel ihm auf, die gerade das Kaufhaus verließ. Etwas blitzte in der Sonne, er erkannte den großen Diamantring an ihrer Hand. Es war die Frau, neben der er in der Kirche gesessen hatte. Achtlos ging sie an ihm vorbei, verschwand hinter seinem Rücken. Die Fußgängerzone war voller Menschen, die Sonne schien, ein Hund bellte, Kinder lachten und tobten.
Detlef Knapproth war schweigsam geworden während des Weges, schien sich seine Offenbarungen für das Essen aufzubewahren. Ingmar Hagedorn verabschiedete sich, begab sich zur Pension, wo er sein bescheidenes Mahl zuzubereiten ge-

dachte. Frank Falke und Detlef Knapproth steuerten das *Hotel Hüttmann* an. Zehn Minuten später saßen sie draußen auf der Terrasse beim Essen.
„Was haben Sie eigentlich am Sonntagnachmittag gemacht?" Frank Falke versuchte es mit einem Frontalangriff.
„Ich ... Wieso?" Erschrocken ließ Detlef Knapproth die Gabel sinken. „Was geht Sie das an? Außerdem habe ich ein Alibi."
„Was ich gemacht habe, wissen alle." Frank Falke lächelte betont harmlos.
„Da haben Sie Recht." Detlef Knapproth lächelte plötzlich ebenfalls. „Ist man als Pastor immer so neugierig?"
„Manchmal schon. Meine Aufgabe ist es, Menschen zu verstehen. Und da fragt man sich ..."
„Lassen Sie´s!" Detlef Knapproth unterbrach ihn lautstark. „Menschen sind nicht zu verstehen." Er begann wieder zu essen. Er hatte sich Steinbeißerfilet bestellt, eine kulinarische Köstlichkeit der Nordsee, schob sich genüsslich Fischfilet, Broccoli und Reis in den Mund. „Menschen sind habgierige, skrupellose Wesen." Eine dramatische Geste mit der Gabel folgte. „Es herrscht ein Kampf ums Überleben, das ist alles. Und wer am meisten abkriegt, gewinnt. Basta. Sie als Pastor natürlich ... Überhaupt, wieso interessieren Sie Menschen? Sie müssen doch von Gott reden, diesem höchsten Wesen und so."
„Zu den Menschen von Gott reden. Ja."
„Von den Geboten und der Moral, von Glauben und Idealen, ja, ja. Kenne ich alles. Ich will Ihnen mal was sagen." Detlef Knapproth legte das Besteck zur Seite, ergriff sein Bierglas. „Vor dreißig Jahren war ich auch mal so einer. Vielleicht habe ich sogar an Gott geglaubt, ich weiß das nicht mehr, aber voller Ideale und so weiter. Und mein Gott, was haben wir alles gemacht. Freie Liebe, weg mit der verknöcherten, miefigen Moral der Eltern – klappte natürlich nicht, aber scharf waren die Weiber schon. Tja, wir hatten noch Ideale. Ist für Sie natürlich nichts, aber trotzdem. Wir haben die Uni besetzt, für Demokratie gekämpft, gegen Atomkraft demonstriert, uns mit

Wasserwerfern abspritzen lassen – haben Sie das mal erlebt, wenn so ein Strahl Sie trifft? Natürlich nicht, Sie sind ja Pastor. Ist kein Zuckerschlecken, das kann ich Ihnen sagen. Und was hat es gebracht? Nichts, gar nichts, außer dass sie versucht haben, einem Steine in den Weg zu legen, als man Lehrer werden wollte. Das allerdings. Aushilfe durfte man anfangs sein, wenn überhaupt. Und heute? Da schickt so ein ehemaliger Straßenkämpfer die Bomber ins Kosovo, der ehemalige Juso-Vorsitzende hat nur noch Freunde unter Großindustriellen und der grüne Umweltminister verschläft die Pallas-Katastrophe so lange, bis das Öl auf die Insel fließt und den Strand versaut. Gott sei Dank sieht man nichts mehr davon, ich hatte schon Befürchtungen. Aber das Wrack liegt immer noch irgendwo da draußen, soviel ich weiß. Und ..."
Plötzlich stockte er, erstarrte mit offenem Mund, schien irgendetwas gesehen zu haben. Frank Falke drehte sich um.
„Ah, da ist Jessica. Und Herr Boysen."
„Wie bitte?"
„Unser Vermieter mit seiner Enkelin. Sie haben sie doch auch schon gesehen."
„Wie? Ja, natürlich."
Jessica winkte ihnen jetzt zu. Frank Falke winkte zurück, sah ihnen nach. Noch einmal fiel ihm die Frau aus der Kirche ein. Irgendetwas war wichtig an ihr, aber ...
„Wo war ich stehen geblieben?" Detlef Knapproth nahm den Faden des Gespräches wieder auf. „Ach ja, Ideale und so, genau, vergessen Sie das alles!" Er deutete aggressiv mit der Gabel auf Frank Falke. „Und Ihre Kirche hat auch ziemlich blutige Finger. Das wissen Sie doch, oder? Haben Sie eine Ahnung, wie viele Menschen im Namen Gottes umgebracht wurden und immer noch ermordet werden? Die Frauen unter der Folter", er grinste, „weil sie angeblich Hexen waren. Die Kreuzzüge und was nicht alles. Schmidt ... Herrje, der war nicht viel wert! Außerdem ist es mir egal, wer wen umbringt, solange ich nicht das Opfer bin. Wissen Sie, damals habe ich mir gedacht, ent-

scheidend ist, auf welcher Seite vom Wasserwerfer man sitzt. Ob man zuschlägt oder geschlagen wird. Heute bringe ich meine Schäfchen ins Trockene. Ich will auch etwas vom großen Kuchen abhaben. Spaß, der Funfaktor muss stimmen, ja, das ist es."

„Und wie war der Kuchen am Sonntag Nachmittag?" Frank Falke versuchte es mit Humor. Es musste doch möglich sein, seinem Gegenüber wenigstens eine kleine Auskunft über sein Tun zur Mordzeit abzuringen. Außerdem: Was war da eigentlich eben geschehen? Wollte Detlef Knapproth Herrn Boysen aus dem Weg gehen? Aber warum?

„Wie? Kuchen am Sonntag ... Sie sind hartnäckig, was? Ein Bierchen habe ich getrunken, wenn Sie es unbedingt wissen wollen. Mehrere, um genau zu sein. Und zwischendurch habe ich Hagedorn getroffen. Sind Sie nun zufrieden? Aber ..."

„Ja?"

„Was ich wirklich erzählen wollte ..."

„Ja?"

„Da kämen Sie nie drauf. Die Engels und der Schmidt ... Ich hab immer gesagt, die bringt den noch mal um. Ist ja auch kein Wunder, bei dem, was die mit ihm durchgemacht haben muss. Unfall auf der Fähre – das ist doch zum Lachen. Von wegen. Die ist gefährlich, die Kleine, das ist so. Auch wenn Sie jetzt mit dieser Tante da rummacht. Sonst ... na ja ..."

„Ich verstehe nicht."

Detlef Knapproth lachte. „Das glaube ich Ihnen. Sie forschen doch anscheinend nach, nicht wahr? Lässt Ihnen keine Ruhe der Mord, nicht wahr? Hab ich schon gemerkt. Na dann fragen Sie doch mal die Engels, warum Sie niemandem erzählt, dass sie mal mit Schmidt verheiratet war."

„Wie bitte?"

„Ja, da staunen Sie. Die war nicht immer lesbisch, von wegen. Ich persönlich", er wechselte in einen vertraulicheren, leisen Tonfall, „glaube sogar, sie ist überhaupt keine. Das mit der Marxen ist doch nur Getue. Ja, mit Schmidt war sie verheira-

tet. Nur kurz, aber immerhin. Vor vier Jahren haben sie sich scheiden lassen. Sie hat dann ihren alten Namen wieder angenommen.“ Er lehnte sich zurück, griff erneut nach dem Bierglas, nahm einem großen Schluck, widmete sich wieder dem Essen. „Und die Marxen weiß davon nichts, das möchte ich wetten. Wie unschuldig die da saß, vorgestern Abend, als Schmidt seine Tirade auf den Lebenswandel abließ. Die hat gar nicht kapiert, worum es ging.“
„Ich auch nicht.“
„Habe ich ja gesagt. Da wären Sie nie drauf gekommen. Und wie er sie immer gesiezt hat. Seine Exfrau. Typisch Schmidt. Korrekt und gemein. Die Ehe mit Schmidt muss wirklich eine fürchterliche Zeit gewesen sein.“ Er lachte. „Kann man sich ja vorstellen. Die Engels hasst ihn, glauben Sie mir. Die muss mit ihm was durchgemacht haben. Würde mich nicht wundern“, er beugte sich grinsend vor, wurde erneut vertraulich, „wenn Schmidt ein sexueller Sadist war. Würde zu Schmidt passen. Aber nicht mit der Engels. Mit der geht das nicht lange. Die würde ihn umbringen, wenn er nicht schon tot wär.“ Er machte eine kunstvolle Pause. „Wissen Sie was, Herr Pastor. Fragen Sie die doch mal, wo sie am Nachmittag gewesen ist? Vorausgesetzt, sie geht Ihnen nicht gleich an die Kehle. Nein, wenn einer einen Grund hatte, den umzubringen, dann war sie es.“
Detlef Knapproth grinste. „Wollen wir wetten? Um was?“
Frank Falke schüttelte den Kopf. „Darum wette ich nicht. Und was ist mit meinem Unbekannten?“
„Na ja, den gibt es außerdem noch. Mir ist es auch egal. Vielleicht hat sie es getan, vielleicht nicht. Das geht mich schließlich nichts an. Wie ich schon sagte, besser schlagen als geschlagen werden.“
Ein Gedanke kam ihm. „Eins verstehe ich nicht, Herr Knapproth. Wenn Ihnen das alles so egal ist, warum schreiben sie dann Gedichte?“
„Ich ... äh ...“

XVI.

Er liebte Gedichte, hatte sie schon immer geliebt. Diese Poesie der Sprache, diese verzauberte Welt, in die Lyrik einen Menschen versetzen konnte, sie hatte es ihm seit jeher angetan. Gedichte waren ...

„Hoitn´s eana Klapp´n, Saupreiß, damischer!"

Dr. Karl-Heinz Schneiber erstarrte, wurde jäh aus seinen Gedanken gerissen. Vor ihm stand eine Frau seines Alters und brüllte einen nackten Mann an, der keuchend seinen Strandkorb auf einen Sandhügel schob.

„Aber ich habe doch gar nicht ..."

„Un wieas´ ham. Sie ham mein Strandkorb noch hint´n vasetzt. Un jetz schiabs´ eanan au no auf die blede Sandburg ..."

„Ich verstehe Sie nicht."

„Kennans´ka Deitsch? Sie ham mein Strandkorb vaschom, Sie Depp!"

„Na und. Das ist mein gutes Recht!"

„Is´es net. Mei Strandkorb", die Frau musste Luft holen, hatte ein krebsrotes Gesicht, „mei Strandkorb hat schon imma grad do gstandn und Sylt hab i vo do al´weil sehn kenna. Jetza ham´s ma eana Strandkorb vor d´Nasn gstellt, weil´s den meinen weggschobn ham. Aber wartn´s, eana werd i ..."

„Halten Sie ihren Mund!"

„Ziagn´s eana zerst amoi was o! I werd mi b´schwern! Ozeign werd´i eana, i werd ..."

Dr. Schneiber ging schnell weiter, bemüht, den Kampfplatz rasch zu verlassen. Die Szene ekelte ihn an. Er war heute Morgen zu einer Wanderung auf dem Kniepsand aufgebrochen, war mit dem Bus zur Strandhalle Nebel gefahren und seitdem unterwegs. Er schwitzte, war müde, hatte das Gehen im Sand und die Entfernungen unterschätzt. Die Sonne brannte unentwegt. Es war ein heißer Tag. Immer noch hörte er hinter sich das Gekeife der Frau und das bösartige Brummen des Mannes.

„Fang mich!" Zwei Kinder spielten im Sand. Er sah ihnen zu,

fand zu seinen Gedanken zurück. Die Poesie ... Die erste wirkliche Begegnung hatte in der Schule stattgefunden, ein Lehrer, den er vergöttert hatte ... ein Vorbild ... Er hatte ernsthaft in der Oberprima überlegt, Germanistik zu studieren. Aber seine Eltern mit ihren klaren Vorstellungen über die Karriere ihres Sohnes hätten das niemals geduldet, ein einziges Mal hatte er es gewagt, über seinen Berufswunsch zu sprechen. Die Debatte war kurz und bündig gewesen. Gedichte waren zu Hause keinen Pfifferling wert, eine brotlose Kunst, das Bild vom „armen Poeten" das letzte Wort zu diesem Thema. So war er stattdessen ein braver Sohn geblieben, hatte sich fleißig, aber ohne innere Begeisterung durch das Studium der Chemie gequält, hatte sogar den erwarteten Doktortitel mit nach Hause gebracht, um dann in seiner Firma auf einer der unteren Karrierestufen zu versauern. Inzwischen war er für einen Neuanfang viel zu alt, kam ein Neubeginn nicht in einmal in seinen kühnsten Phantasien in Frage. Er machte sich nichts vor – er war über Fünfzig, verheiratet, hatte zwei Töchter, Dagmar und Lydia, mit deren Wegen er überhaupt nicht einverstanden war, eine Frau, die ihn liebte oder duldete, so genau wusste er das nicht. Das Leben war an ihm vorübergegangen. Aber ... er war Vorsitzender des Clubs der Poeten! Hier und nur hier hatte er die Bedeutung, die seinem wahren Wert entsprach! Sogar die Kultusministerin hatte vor drei Jahren einmal mit ihm gesprochen, die Ministerpräsidentin ihn und seinen Verein einmal lobend erwähnt. Sein wirkliches Leben ... jedenfalls bis heute Nachmittag. Seit acht Jahren war er jetzt Vorsitzender und er gedachte es auch zu bleiben. Wenn ihm nur nicht dieser verfluchte Knapproth in die Quere kam. Er hatte inzwischen mit fast allen Mitgliedern des Vereins gesprochen und war sich seiner Sache fast sicher. Obwohl einige für Detlef Knapproth Sympathien hegten – unverständlicherweise! Bei der Wahl vor vier Jahren hatte es keinen Gegenkandidaten gegeben.
Er blieb stehen, wischte sich den Schweiß von der Stirn. In weniger als drei Stunden würde die entscheidende Jahreshaupt-

versammlung stattfinden. Er verfluchte innerlich die Konstrukteure der Vereinssatzung, die eine Direktwahl des Vorsitzenden vorgesehen hatten, versuchte sich abzulenken, gegen die Spannung anzukämpfen, die ihn seit dem frühen Morgen befallen hatte.

Eine Frisbee-Scheibe segelte dicht an seinem Kopf vorbei. Ein kleines Mädchen lachte, entschuldigte sich. Gleich daneben baute ein Vater energisch mit Schaufel und Sandeimer an einer Sandburg, die den Strandkorb in beeindruckender Höhe umgeben sollte. Ihm fiel auf, dass der Strandkorb neben ihm unbenutzt und unverschlossen war, das Holzgitter an die Seite gelehnt. Ob es wohl schlimm war, sich für ein paar Minuten niederzulassen? Sicher nicht.

„Entschuldigen Sie, aber das ist unser Strandkorb." Erschrocken schlug er die Augen auf. Er war eingeschlafen. Vor ihm stand eine junge Frau, schön anzusehen in ihrem Badeanzug, an der rechten Hand ein kleines Kind, während ein zweites in der Nähe mit Eimer und Schaufel spielte. Der Junge hatte Muscheln in seinem Eimer gesammelt, die er jetzt vorsichtig herausnahm.

„Es tut mir sehr Leid. Ich ..."

„Ist schon gut. Dürfen wir?"

„Selbstverständlich." Er erhob sich rasch.

„Sie brauchen sich nicht zu beeilen." Die Frau lächelte. „Ich finde das nicht schlimm. Nur, wir brauchen den Strandkorb jetzt. Sind Sie gewandert?"

Er bejahte. Die Frau war freundlich, sie kamen ins Gespräch, unterhielten sich über Strand und Insel, Amrum und Amrumer. Schließlich verabschiedete er sich fröhlich, ging ein paar Schritte, blieb stehen, um auf die Uhr zu sehen. Zwei Uhr, in eineinhalb Stunden würde die Sitzung beginnen, es wurde wirklich Zeit, nach Hause zu gehen, sich frisch zu machen und einen kleinen Imbiss zu sich zu nehmen. Viel würde er in seiner inneren Erregung sowieso nicht essen können, trotz der anstrengenden Wanderung.

Er ging weiter, spürte bei jedem Schritt jetzt seine Beine, seine Waden, ging dennoch, so schnell er konnte. Das Gespräch mit der jungen Frau hatte ihm geholfen, ihn abgelenkt. Es würde bestimmt alles gut werden am Nachmittag.
„Wie kannst du so etwas sagen?“ Das war die Stimme von Sybille Marxen in seinem Rücken, schrill und erregt. Spontan drehte er sich um. Vor ihm saßen die beiden Frauen in ihrem Strandkorb, die Engels im figurbetonten Bikini, während die Marxen sich hochgeknöpft gab.
„Es hat nicht jeder so viel Geld geerbt wie du.“ Sybille Marxen wirkte beleidigt. „Du schwimmst im Geld, aber andere haben sich ihr Geld ehrlich erwerben müssen – durch harte Arbeit, genau. Und da ist mir das nicht egal, das weißt du. Ich weiß ja auch, dass du es für mich getan hast. Deshalb verstehe ich nicht, wieso du so böse bist und ...“
„Sag mal, was bildest du dir eigentlich ein? Glaubst du, ich liebe dich so, dass ich für dich Lorenz umbringe, du kleines Miststück? Ausgerechnet Lorenz, für dich? Du mit deiner vermaledeiten Eifersucht, du kannst einen ja nicht mal ein paar Minuten allein lassen und ... ah, Dr. Schneiber.“ Kattrin Engels grinste plötzlich. „Kommen Sie, kommen Sie! Erleben Sie einen Streit unter echten Freundinnen“, mit einem Blick zu Sybille Marxen, „falls wir das noch sind.“
„Ich, nein, ich störe doch.“
„Sie stören nicht.“ Kattrin Engels grinste gehässig, faltete ihre Hände, ließ die Gelenke knacken. „Wir diskutieren gerade einen Mord. Den Mord, den ich an Lorenz Schmidt begangen haben soll, wenn es nach meiner feinen Freundin hier geht.“
„Das ist nicht wahr!“
„Ich denke, du bist dankbar dafür, dass ich es getan habe?“
„Du bist so gemein.“ Tränen standen Sybille Marxen plötzlich im Gesicht. „Außerdem ist es ja wahr. Du hast mit Herrn Schmidt zu Mittag gegessen. Kurz bevor er ermordet wurde. Ich habe euch gesehen. Und an der Odde ...“
Kattrin Engels Augen blitzten. „Sie hat mir nachspioniert, mei-

ne feine Freundin. Deshalb war sie auch gleich einverstanden, für Sie den Knapproth auszuspionieren. Sie hat nämlich Erfahrung darin." Sie lachte gehässig. „Und was war an der Odde? Warst du da?"
Sybille Marxen brach in Tränen aus. „Du machst alles kaputt!"
„Das kann schon sein, mein Liebes. Wenn es noch etwas kaputtzumachen gibt, mein Herz. Vielleicht sollten wir dem Dr. Schneiber auch noch sagen, warum ich deiner Meinung nach Lorenz umgebracht habe."
„Kattrin!"
„Na gut. Sagen wir es nicht. Vielleicht kommst du ja damit durch. Morgen ist wieder Fragestunde bei der Polizei, nicht wahr? Und sie werden dich auch wieder fragen, was du oben an der Odde wirklich gemacht hast – oder gesehen hast. Sag´s ihnen doch. Und jetzt lass mich allein!"
„Kattrin!" Sybille Marxen erhob sich zögernd. Plötzlich veränderte sich ihr Gesichtsausdruck. „Du hältst mich für dumm." Ihre Miene vereiste, Tränen versiegten. Die Verwandlung erschien Dr. Schneiber geradezu unheimlich. „Ich bin aber nicht dumm. Das wirst du noch merken."
„Sybille!"
„Oder du hast es schon gemerkt." Sybille Marxen grinste unflätig.
„Ich bring dich um!" Obwohl sie es leise gesagt hatte, hatte er es wohl verstanden. Erschrocken blickte er Kattrin Engels an.
„Noch einen?" Sybille Marxen ergriff ihr Badehandtuch, ihre Kleidung, ihre Tasche, stolzierte ohne ein Wort zu sagen davon. Stille entstand.
„Es tut mir Leid, ich wollte nicht ..." Dr. Schneiber fühlte sich schrecklich unwohl in seiner Haut.
„Lassen Sie mich allein. Die Hauptversammlung beginnt um halb vier, richtig?"
„Ja." Er nickte stumm, drehte sich um, ging davon. Vor ihm ging Sybille Marxen schwerfällig durch den Sand, spürte ihn in ihrem Rücken, blieb stehen.

„Kattrin ist manchmal so.“ Sie zögerte. „Mir kann keiner was beweisen.“
Was sollte er dazu sagen? „Ich habe nichts gehört.“
Sie gingen weiter, umrundeten zahllose rote, blaue und gelbe Strandkörbe, atmeten den Geruch von Sonnenöl und Meer, vorbei an spielenden Kindern, badenden Erwachsenen und hungrigen Möwen, die auf leeren Strandkörben hockten und auf fütterungswillige Urlauber warteten, näherten sich dem Ausgang des Badestrandes, vorbei an Strandhalle, Schwimmbad, Naturschutzzentrum.
Sie schwiegen immer noch. Er fand es schwer, das soeben Erlebte einzuordnen, fand es unpassend und peinlich, mit hineingezogen zu sein. Die Geschichte ging ihn nichts an. Die Gehässigkeit von Frau Engels, der plötzliche Stimmungsumschwung bei Frau Marxen, die erhobenen Vorwürfe – all das erschreckte ihn. Dabei interessierte ihn nicht wirklich, wer Schmidt umgebracht hatte, es sei denn, er könnte Knapproth damit zu Fall bringen. Seltsam, wie wenig er um Lorenz Schmidt trauerte, fiel ihm auf. Aber konnte man um Schmidt überhaupt trauern? Dabei war Schmidt ein langjähriges Mitglied im Verein, anders als die Engels oder Marxen oder viele andere. Er war von Anfang an dabei gewesen, steif, korrekt, unnahbar und meistens irgendwie lästig in seiner Überkorrektheit. In seiner Gefühllosigkeit hatte Schmidt keinerlei persönliche Beziehungen aufgebaut, zu niemandem im Verein. Kein Freund, kein Komplize, nicht einmal ein Feind. Doch, einen Feind schien er gehabt zu haben, oder aber – und das erschien ihm wahrscheinlicher – Schmidt war zufälligerweise in irgendetwas hineingeraten, war im falschen Moment am falschen Ort gewesen. Und irgendein Irrer, nämlich der, den der Pastor gesehen hatte, hatte zugeschlagen. Sicher, andererseits ... Detlef Knapproths Alibi war ihm von Anfang an verdächtig vorgekommen und Knapproth würde er auch ohne weiteres einen Mord zutrauen, wenn er es nicht sogar wirklich gewesen war, aber ...
Sybille Marxen blieb stehen. „Sie hält mich für dumm.“ Plötz-

lich grinste sie wieder. „Aber ich bin nicht dumm. Das wird sie schon merken. Nein, sie weiß es schon."
Er sah sie an, merkte, dass diese Worte nicht an ihn gerichtet waren, war sonderbarerweise noch einmal erschrocken. Sie hatte das mit einer ... ja, fast infamen Sicherheit gesagt ... Was wusste er eigentlich über Sybille Marxen? Kattrin Engels hatte sie vor etwa einem Jahr mit in den Verein gebracht, ein unauffälliges Mitglied und auch ihre Gedichte bildeten keine echte Konkurrenz. Eine Dumme, zu der man lieb sein konnte. Aber ... war sie wirklich die dumme, liebe Frau, so seltsam unerfahren mit ihren fünfzig Jahren? Und wenn nicht ... Er schob den Gedanken beiseite.
„Haben Sie etwas über Herrn Knapproth erfahren?" Das war das eigentliche Thema.
„Nein. Wie denn? Aber", sie zögerte, „ich glaube, er hat etwas angefangen. Vielleicht sogar mit Kattrin. Der ist ja immer hinter ihr her." Welch ein Groll in ihrer Stimme. „Aber das finde ich noch heraus. Und wenn ..." Sie brach den Satz ab.
„Wie kommen Sie darauf?"
„Weibliche Intuiton. So etwas weiß man." Sie zuckte mit den Achseln.
Er schüttelte den Kopf. Nichts, was ihn interessierte, womit man etwas anfangen konnte. Er sah auf die Uhr, es wurde Zeit, dass er ins Hotel kam. Er ging weiter, beschleunigte seinen Schritt, ungeachtet seiner schmerzenden Waden. Da sah er Pastor Falke auf sich zukommen. Falke schien ihn nicht bemerkt zu haben, blieb stehen, verschwand in einem der Geschäfte am Ende des *Strunwai*. Sybille Marxen war noch immer neben ihm. Er bemerkte sie kaum. All das war unwichtig. Es kam nur auf eines an. Auf die Abstimmung in rund zwei Stunden.

XVII.

„Sein Gesicht bei der Abstimmung hättet ihr sehen sollen!" Detlef Knapproth lachte.
Das Lachen hört sich nicht echt an, dachte Frauke Boysen. Es war kurz nach zehn am Abend. Vor wenigen Minuten waren die Gäste zurückgekommen und hatten sich nicht wie sonst gleich auf ihre Zimmer begeben, sondern waren alle zusammen in die Gästestube gegangen. Frauke Boysen saß zusammen mit Okke gleich nebenan im Wohnzimmer vor dem Fernseher. Ein plattdeutsches Theaterstück lief: Die Braut war verschwunden und der Bräutigam in Not. Schade, dachte sie, dass im Fernsehen nie etwas auf Friesisch kommt. Okke und sie hörten Friesisch gern, auch wenn sie es nur noch selten sprachen. Im Winter hatten sie sich wie jedes Jahr natürlich das friesische Theaterstück angeguckt, das immer beim Jahresfest des *Öömrang Ferian* aufgeführt wurde. Und da es das Bahnhofshotel mit seinem Saal nicht mehr gab, war man ins St. Clemens Hüs ausgewandert. Etwas eng war es gewesen, aber dennoch ... Mit dem Hotel, das war schon ein Jammer, der einzige Saal für Familienfeste, für die Insulaner selbst – und nun nichts mehr, während für die Touristen immer mehr gebaut wurde. Aber die Leute waren ja selbst schuld.
„Schon vorher", die laute Stimme von Detlef Knapproth dröhnte wieder herüber, „als Hagedorn mich zum Vorsitzenden vorgeschlagen hat, ging Schneiber die Kinnlade herunter. Wie nichts Gutes! Köstlich! Dabei wollte ich ja gar nicht Vorsitzender werden. Ich hätte hinterher darauf verzichtet. Aber den Spaß war es wert."
„Sie haben nur fünf Stimmen bekommen."
„Ja und? Sage ich doch, darum ging es mir gar nicht. Und Sie, Frau Engels, haben wahrscheinlich auch für Schneiber gestimmt."
„Na und?"
Frauke Boysens Gedanken wanderten weiter. Das friesische

Theaterstück war eine Kriminalkomödie gewesen, *En muar tufelag ferbreegen,* wie immer von Annegret Lutz. Eine Leiche im Teppich, ein gestohlenes Auto, die gemütliche Polizeistation auf der Insel und der Kommissar vom Festland ... Sie hatten herzlich gelacht. Beinahe wie jetzt, das Stück, nur ... nur dass diesmal die Leiche echt und die Sache gar nicht komisch war. Lorenz Schmidt war wirklich ermordet worden ... Sie seufzte herzergreifend.

„Was ist?“ Okke sah besorgt zu ihr herüber.

„Ach nichts.“ Ob einer der Gäste ein Mörder war? Sicher nicht, so etwas konnte sie sich nicht vorstellen. Solche Leute würde sie nie ins Haus gelassen haben. Man hatte doch schließlich Anstand. Thea, ihre Nachbarin, hatte den ganzen Vormittag nach dem Mord versucht, etwas aus ihr herauszukriegen, über die Gäste, wer wo gewesen war usw. Süddeutsche, Festländer – typisch, diese Neugier! Natürlich hatte sie nichts gesagt, nur ... wenn bloß die Geschichte mit dem Totenschein nicht wäre. Und der Pastor hatte Okke im Verdacht, auch wenn er es nicht sagte. Sie ließ sich da nichts vormachen. Wenn sie nur wüsste, wo Okke an dem Nachmittag gewesen war. Aber aus Okke war nichts herauszubekommen.

„Schalt doch mal den Fernseher lauter“, brummte Okke. Im Fernsehen tauchte die verschwundene Braut gerade wieder auf. Sie bediente die Fernbedienung. Im Nachbarzimmer ging das Gespräch weiter.

„Dr. Schneiber hat den Vorsitz verdient, finde ich. Er ist so emsig und ...“

„Wie bitte, Hagedorn? Und das von Ihnen? Schließlich haben Sie mich doch vorgeschlagen?“

„Ja, äh, Sie wissen doch wieso. Warum sagen Sie das? Sie haben mich darum gebeten.“

„Seien Sie vorsichtig“, Knapproths Stimme wurde unangenehm, „sonst ... Ach was, ich will ihnen allen mal was sagen. Einen Posten in einem Verein wie diesem verdient man sich nicht, den erkriecht man sich. Gucken Sie nicht so entsetzt,

Frau Marxen, das ist so. Überhaupt: verdienen. Glauben Sie, dass man viel Geld wirklich verdient? Ich meine, im Sinne des Wortes? Sie haben doch auch geerbt, Frau Engels. Kennen Sie den Witz: Es war einmal ein Mann, der hatte es allein durch seiner Hände Arbeit zu unvorstellbarem Reichtum gebracht. Und morgen, liebe Kinder, erzähle ich euch ein anderes Märchen. Ich hab vergessen, von wem das ist, aber so ist es. Nehmen Sie doch mal das feine Hotel Hüttmann. Wissen Sie, wie die angefangen haben im letzten Jahrhundert? Mit einem verborgenen Goldschatz. Von wegen, Hände Arbeit."
„Mit einem Goldschatz?"
„Nicht ganz, meine Damen." Zu Frauke Boysens Verwunderung mischte sich ihr Mann in das Gespräch ein. Dabei hätte sie wetten können, dass er nur auf den Fernseher geachtet hatte. Aber natürlich, alte Geschichten von der Insel waren Okkes Steckenpferd.
Okke stand auf, ging hinüber zu den Gästen.
„Und wie war es wirklich."
„Na, wie ich sage."
„Nicht ganz." Okke genoss es sichtlich, im Mittelpunkt des Interesses zu sein. „Eigentlich ist es die Geschichte vom *Café Schuldt,* gegenüber von Hüttmanns. Mit dem Tourismus ist das ja noch gar nicht so lange. Pastor Bodelschwingh aus Bethel hat 1890 das Seebad Amrum eröffnet. Davor war oft Armut auf der Insel, die Amrumer lebten von der Landwirtschaft, vom Strandraub", Okke lachte. „Das kenne ich noch, wenn da was angetrieben kam und dann schnell damit in die Dünen und verstecken, damit der Strandvogt nichts mitkriegt. Das waren Köstlichkeiten, eine Stange Zigaretten, ich weiß noch, kurz nach Kriegsende, oder auch nur ein großer Balken als Feuerholz, na ja ... Und früher, wenn wirklich ein Schiff gestrandet war ... aber das ist eine andere Geschichte. Jedenfalls, die Insulaner waren arm, häufig waren die Männer weg, früher, im 18. Jahrhundert, fuhren viele Männer auf Walfängern in das Nordmeer. Da ging es den Amrumern allerdings gut, der Wal-

fang brachte viel ein. Dennoch, die Frauen hier waren oft allein." Er schmunzelte. „Ich bin ja auch noch zur See gefahren." Okke schien für einen Augenblick von seinen Erinnerungen übermannt. Er war tatsächlich fast zwanzig Jahre zur See gefahren, Getreide mit einem Kümo von Husum nach Hamburg. „Und eine Reihe von Männern ist ausgewandert, die meisten nach Amerika. Das war in der schlechten Zeit, als der Walfang zu Ende war. Einer von ihnen war Nanning Petersen. 1870, glaube ich, ging er nach Amerika. Zu Hause blieben seine Frau und seine Tochter. Viele, viele Jahre hörten die beiden nichts von ihm. Plötzlich, nach dreißig Jahren, war er wieder da. Er sagte kaum etwas, erzählte nichts, brachte nichts mit, zog seine Arbeitsplünnen an und ging aufs Feld. Ein Jahr später starb er. Die Tochter Klara, die inzwischen den Bäcker Schuldt geheiratet hatte, verkaufte das Haus der Eltern. Kurz vor der Übergabe ging sie noch einmal durch das Haus und stieß durch Zufall auf eine kleine Kiste. Irgendetwas machte sie neugierig, und was soll ich sagen, die Kiste hatte einen doppelten Boden und in dem Geheimfach waren 35.000 Goldmark. Nanning hatte nie etwas davon gesagt. Ein starkes Stück, nicht wahr? Mit dem Geld wurde die Bäckerei aufgebaut und dem Nachbarn Heinrich Hüttmann etwas geliehen. Der hat dann sein Hotel erweitert, fast um das Doppelte. Aber das ist wieder eine andere Geschichte."
„Oh ja."
„Woher wissen Sie das alles?"
„Na ja ..." Okke Boysen grinste, „die Geschichte habe ich von Georg Quedens, aber ..."
„Ich finde das toll! Was Sie alles wissen!"
„Ich wollte auch mal einen historischen Roman schreiben." Das war wieder Detlef Knapproth. Ein schrecklicher Angeber. „Ein großes Werk, vielleicht schreibe ich es noch. Ein Epos, ein Sittenbild."
Im Fernsehen war inzwischen eine zweite Braut aufgetaucht. Frauke Boysen stellte den Fernseher aus. Ohne Okke brachte

das Ganze keinen Spaß. Genauso gut konnte sie sich auch zu den anderen gesellen. Sie stand auf.

„Und mit Hüttmanns selbst ..."

„Erzählen Sie."

„... nämlich einen Roman über die Preetzer Mönche. Die Mönche im Mittelalter, das war ja ein versoffenes, verhurtes Pack. Allein deren Weibergeschichten, von wegen Geistlichkeit. Und in Preetz ..."

„Erzählen Sie uns die Geschichte von Hüttmanns?"

„Dich interessiert wohl alles, Sybille?"

„Ich finde es spannend, was über die Insel zu erfahren."

„Also noch einmal: Die Preetzer Mönche ..."

„Nun seien Sie endlich still, Knapproth. Dann doch lieber Hotel Hüttmann. Entschuldigen Sie, Herr Boysen, ich meinte das nicht so. Mich interessiert das wirklich."

„Ich möchte auch gern die Geschichte vom Hotel Hüttmann hören."

„Tja, Herr Hagedorn, Frau Marxen, Frau Engels", Okke zögerte, „Herr Knapproth, nun denn. Mit Hüttmanns selbst war das so: Wie ich schon gesagt habe, begann das Seebad Amrum mit Pastor Bodelschwingh aus Bethel. Ein Jahr später öffnete dann sein Seehospiz, das graue Haus in Richtung Odde, Sie können es von hier aus sehen. Jetzt ist es ja nur noch eine Ruine und wird auch bald abgerissen, aber damals ..."

„Iiiccc!" Sybille Marxen schrie. Eine Wespe krabbelte an ihrem Pullover herum. Mit einer panischen Bewegung streifte sie das Insekt ab. Die Wespe begann bösartig summend herumzufliegen. Stühle rückten, Detlef Knapproth sprang von seinem Platz auf. Meine Güte, dachte Frauke Boysen, ein bisschen viel Aufregung für eine Wespe.

„Ist doch noch gar nicht Wespenzeit." Okke war ruhig auf seinem Platz sitzen geblieben.

„Na und?" Sybille Marxen stand aufgeregt hinter ihrem Stuhl. „Sie ist aber da."

„Einen Moment." Auch Ingmar Hagedorn war aufgestanden.

Mit überraschender Ruhe griff er nach dem für das Frühstück schon bereitgestellte Kaffeegedeck, drehte sich um, vollführte eine blitzschnelle Bewegung. Die Wespe war zwischen Tasse und Untertasse gefangen.
„Alle Achtung."
Ingmar Hagedorn lächelte scheu. „Wespen fangen kann ich. Das kommt von ... Na ja, ich bring sie raus." Er verließ den Raum ging Richtung Tür. Alle setzten sich wieder.
„Wie ist das nun mit der Ruine da draußen? Sie wollten uns doch was erzählen."
„Richtig gruselig finde ich die."
„Vielleicht gibt es dort ja einen Goldschatz."
„Das glauben auch nur Sie."
„Goldschatz? Glaube ich nicht." Okke wiegte seinen Kopf. „Aber was ich sagen wollte, zu den ersten Gästen, die ins Seehospiz kamen, gehörte Heinrich Hüttmann. Er kam aus Hamburg, hatte ein Hals- und Asthmaleiden und kurte auf Föhr, wo das mit den Fremden früher angefangen hatte, ist dann mal rüber nach Amrum und hier ging ihm das richtig gut. Und nur hier. Nicht auf Föhr, nicht zu Hause. Tja, dann hat er kurz entschlossen das alte Schulhaus hier gekauft und ein Hotel aufgemacht. Hotel kann man eigentlich nicht sagen, da waren mal gerade vier Fremdenzimmer und eine Küche. Er selbst lebte mit seiner Familie auf dem Dachboden. Trotzdem pries er sein Häuschen als *erstes Hotel am Platze* an. Na ja, und dann ..."
Das Telefon klingelte. Frauke Boysen erhob sich, ging hinaus in den Flur. Am Telefon war ihre Tochter Maike. Maike redete und redete. Frauke Boysen zog sich mit dem Telefon zurück in die Küche.
Eine Viertelstunde später legte sie den Hörer wieder auf. Das Gespräch hatte sie nachdenklich gemacht. Maike hatte ihr viel erzählt, von der Freundin, bei der sie jetzt wohnte, von missglückten Kontakten zwischen Uwe und ihr, von der letzten Begegnung zwischen ihnen, die doch wieder ein bisschen Hoffnung aufkommen ließ, von ihrem Problem, Arbeit und verän-

derte Wohnungsumstände unter einen Hut zu bringen, all das. Nur nach Jessica hatte sie bloß ganz am Rand gefragt. Es war fast so, als ob sie keine Tochter hätte. Zum ersten Mal kam Frauke Boysen der Gedanke, ob sie Jessica vielleicht Unrecht tat. Vor allen Dingen ein Satz hatte sie aufhorchen lassen: „Vielleicht wird es ja doch wieder was mit Uwe und mir, ich weiß nicht, Mutter, vielleicht jetzt ohne Jessica ..." Maike hatte den Satz nicht zu Ende geführt, aber ... ihr selbst wäre ein solcher Gedanke unvorstellbar gewesen.
Frauke Boysen ging auf dem Flur entlang, schaute auf die Uhr, Viertel vor elf, Zeit abzuschließen, zumal alle Gäste im Haus waren. Sie schloss die Tür ab, kehrte in die Gaststube zurück.
„Ihr Mann macht morgen mit uns eine Führung über die Insel." Sybille Marxen strahlte. „Wir mieten uns alle Fahrräder und dann erzählt er uns die alten Geschichten. Wollen Sie auch mit?"
„Okke macht das schon, nein danke." Sie grinste. Okke hatte es also wieder geschafft, Zuhörer zu finden. Aber alles, was recht war, erzählen konnte er. Und dass er dann nicht im Hause arbeiten konnte, nahm er nur allzu gern in Kauf. Wahrscheinlich würde er auch wieder zu viel rauchen, wenn sie nicht dabei war.
„Ich weiß noch nicht, ob ich mitkomme." Detlef Knapproth wirkte mürrisch. „Vielleicht. Ich geh jetzt." Er erhob sich.
„Ich auch."
Plötzlich war ein leises Klirren zu hören.
„Hören Sie?" Das Klirren wiederholte sich. „Da."
Jemand warf einen Stein gegen das Fenster. Detlef Knapproth schob mit grobem Handgriff die Gardine zur Seite. „Da steht der Pastor."
Ach du meine Güte, den hatte sie ja ganz vergessen. Schuldbewusst eilte sie zur Tür.
„Was kommen Sie auch so spät."
„Tut mir Leid, der Konvent. Seit fünf Minuten rufe ich schon, aber mich hat niemand gehört."

„Na, denn kommen Sie mal rein. Sind die Schuhe auch sauber? Die anderen sind in der Gaststube. Wollen Sie einen Tee?“
„Nein, danke.“ Der Pastor sah sie mit einer sonderbaren Mischung aus Verwunderung und Verärgerung an, ging hinüber zur Gaststube. Er hätte ja auch Bescheid sagen können, dass er so spät kommt.
„Hier ist etwas heruntergefallen.“ Pastor Falke bückte sich, hob einen kleinen Zettel auf. „Gehört der jemandem?“
„Der muss heruntergefallen sein, als die Wespe da war. Mir gehört er nicht.“
„Mir auch nicht.“ Alle schüttelten den Kopf.
„Und Ihnen, Frau Boysen?“
Auf dem Zettel stand etwas. Sie las: *„14 Uhr 30, Leuchtturm, Dünen.“* Keine Ahnung, was das zu bedeuten hatte. Sie schüttelte ebenfalls den Kopf.
„Ich gehe jetzt zu Bett.“ Kattrin Engels erhob sich.
Pastor Falke legte den Zettel auf den Tisch.
„Ich gehe auch.“ Die anderen standen ebenfalls auf, nur Sybille Marxen zögerte. Schließlich schloss sie sich an, folgte ihrer Freundin nach oben.
Der Pastor wartete noch einen Moment, schien etwas auf der Seele zu haben, wandte sich doch ab, ging. Okke trollte sich ebenfalls. Frauke Boysen ging in die Gaststube, stellte die Stühle richtig, strich das Tischtuch glatt, begann für das Frühstück alles herzurichten. Den kleinen Zettel, den der Pastor gefunden hatte, konnte sie nirgendwo entdecken. Aber das hatte sicher keine Bedeutung.

XVIII.

Allhier erwarten die Gebeine eine fröhliche Auferstehung. Frank Falke las den Text mit einem Lächeln. Dennoch spürte er seine Anspannung. Er ging einen Schritt weiter an der Friedhofsmauer entlang, blieb stehen. Auf einem anderen der alten

Grabsteine, die an der Mauer entlang aufgereiht waren, stand: *Hier sind biss zur Auferstehung, der Erden anvertrauet, die Gebeine der Seeligen Catrin Boyens von der Wyk, so daselbst gebohren Anno 1715 den 28. Septembris, in den Ehestand getreten mit Boje Lobsen Anno 1734 den 3. September, in währender Ehe gebohren ein Sohn und vier Töchter* ... Ein ganzer Lebenslauf war hier aufgeschrieben.
Frank Falke hatte sich der kleinen Exkursion nicht ohne Grund angeschlossen, hatte erneut seine Mittagspause genutzt, um dem Konvent zu entfliehen. Okke Boysen hatte sie über den Wattweg nach Nebel geführt, ihnen die Windmühle gezeigt, das kleine Heimatmuseum im Mühlenschuppen, dann gegenüber den Friedhof der Namenlosen. Dort hatte Frank Falke sich vor Verblüffung kaum halten können, denn vor dem Kreuz, das ihm Lorenz Schmidt gezeigt hatte, lagen Blumen. Und hatte er sich getäuscht, oder war es wirklich so gewesen, dass Okke Boysen ihnen den Friedhof nur auf das inständige Drängen von Sybille Marxen hin gezeigt hatte? Jedenfalls war Okke Boysen auf dem Friedhof äußerst wortkarg gewesen, hatte sich eine Zigarette angezündet und sich auf die Straße zurückgezogen. Danach waren sie alle zum *Öömrang Hüs* gefahren, dem anderen Heimatmuseum, hatten den Pesel, die gute Stube mit ihren beeindruckenden blauen Kacheln besichtigt und waren durch den Ort schließlich zurückgekehrt zu Kirche und Friedhof. Neben Frank Falke standen jetzt Ingmar Hagedorn, Sybille Marxen und Kattrin Engels sowie Detlef Knapproth, der sich überraschenderweise ebenfalls mit auf den Weg gemacht hatte. Er betrachtete sie verstohlen. Einer von ihnen, oder eine, dessen war er sicher, würde sich heute als Mörder von Lorenz Schmidt entpuppen. Oder irrte er sich?
„Diese Grabsteine hier sind etwas ganz Besonderes." Okke Boysen genoss jetzt wieder sichtlich seine Rolle als Fremdenführer. „Es sind Grabsteine der alten Amrumer Kapitäne und Seefahrer. Ich habe Ihnen ja schon von den Walfangzeiten der Amrumer erzählt. Mitte des letzten Jahrhunderts ging diese

Zeit zu Ende und damit auch der Wohlstand, der diese Grabsteine hervorgebracht hat. Sehen Sie hier ..."

Frank Falke fragte sich, ob man ihm seine Gedanken wohl ansah. Er versuchte an etwas anderes zu denken, an den Konvent, eineinhalb Tage lagen jetzt hinter ihm. Die Gemeinschaft der Pastoren und Pastorinnen war überraschend angenehm gewesen, vorausgesetzt, man entging Pastor Strietzkys ständigen Belehrungen. Auch der neue Propst war umgänglich, Propst Hansen war vor einem Jahr pensioniert worden. Und doch: Er hatte sich fehl am Platze gefühlt, war ungeduldig, den Konvent wieder verlassen zu dürfen, froh, hier zu sein. Er hatte eine Aufgabe, ein Mord war geschehen. Und jetzt hatte er eine Idee.

„... Sehen Sie, wie kunstvoll dieser Grabstein verziert ist. Und dieser hier. Sehen Sie die Segelschiffe da oben? Der hier gehört mit zu den ältesten, aus dem frühen 18. Jahrhundert stammt er. Wenn Sie genau hingucken ..."

„Ich muss los." Detlef Knapproth unterbrach den Vortrag rauh.

„Wollen Sie sich nicht noch die Kirche ansehen?"

„Tut mir Leid, keine Zeit. Außerdem interessieren mich Kirchen nicht besonders." Er grinste. „Ich bin ja kein Pastor. Ich brauch da nicht hin."

Detlef Knapproth ging. Frank Falke sah ihm nach, wie er sein Fahrrad aufschloss, davonfuhr. War Detlef Knapproth derjenige, dem jener seltsame Zettel gestern Abend gegolten hatte? Er war fest entschlossen, es herauszufinden. Dieser Zettel, so beiläufig er aufgetaucht und wieder verschwunden war, würde ihn zum Mörder führen.

„Ich will auch los." Das war Kattrin Engels. Noch eine Verdächtige. Im Grunde genommen waren sie alle Verdächtige. Und einer von ihnen – oder eine – hatte ein geheimes Treffen vor sich, vermutlich mit dem Unbekannten, alles andere ergab keinen Sinn. Er hatte am gestrigen Abend noch lange darüber nachgedacht, nachdem er noch einmal nach unten gegangen war, um den Zettel zu betrachten, der, wie Frau Boysen ihm kurz und knapp mitteilte, plötzlich verschwunden war. Viel-

leicht, so hatte er überlegt, hatte der Fremde im Auftrag gemordet und erhielt nun seinen Lohn oder neue Instruktionen. Oder umgekehrt, jener Unbekannte hatte etwas gesehen, Wissen, das er nun zur Erpessung nutzte. Deshalb vielleicht auch sein später Versuch, den Leichnam verschwinden zu lassen.
„Sie wollen schon gehen? Und die Kirche?“ Okke Boysen war enttäuscht. „Sie ist frisch renoviert, meine Dame und ...“
„Na, mal sehen.“ Kattrin Engels sah auf die Uhr. „Viertel vor zwei. Gut, warum nicht?“
„Also dann, gehen wir in die Kirche.“
Sie folgten ihm willig, gingen auf die schneeweiße Kirche zu, die mit ihrem Turm majestätisch den Friedhof überragte.
„Die Kirche, meine Damen, meine Herren, ist wahrscheinlich um 1200 erbaut“, Okke Boysen war vor dem Eingang der Kirche stehen geblieben. „In den Urkunden wird sie das erste Mal 1240 erwähnt. Sie ist damit eine der ältesten Kirchen Nordfrieslands. Gewidmet ist sie dem heiligen Clemens, dem Schutzpatron der Seefahrer. Doch so wie jetzt hat sie nicht immer ausgesehen. Ihr heutiges Aussehen erhielt sie erst 1908, als der Turm gebaut wurde. Bis dahin hatte sie einen freistehenden hölzernen Glockenturm. Eigentlich schade, dass er weg ist. Aber nun kommen sie herein.“
„Sie haben übrigens Glück“, sie betraten die Kirche, „dass wir heute hier rein können. Vor zwei Wochen ist sie erst wieder eröffnet worden. Sie wurde renoviert“, fügte er hinzu, als er die fragenden Gesichter bemerkte. „Ist sie nicht schön geworden?“
Alle nickten. Sie war tatsächlich schön. Es war eine jener typischen nordfriesischen Dorfkirchen, schlicht, gedrungen, mit wenigen einfachen, aber um so schöneren Kunstwerken.
Frank Falkes Blick fiel auf einen Balken, der an der rechten Wand befestigt war und auf dem etliche Holzfiguren standen: in der Mitte Christus, links und rechts von ihm die Apostel. Die Schlichtheit des Ausdrucks, die intensive Ernsthaftigkeit der Gesichter beeindruckten ihn. Für einen Moment war er herausgenommen aus seinen mörderischen Gedanken.

„Die zwölf Apostel, ja. Ein ganz besonderes Stück. Schön, nicht wahr? Wer das gemacht hat, weiß man leider nicht. Stammt aus dem 14. Jahrhundert. Und sie wurden nicht auf der Insel gefertigt. Früher standen sie noch alle einzeln. Auf den Balken gekommen sind sie erst vor 60 Jahren. Man erzählt sich, dass die Figuren nach der großen Sturmflut 1634 hier angeschwemmt wurden. Das war die Sturmflut, bei der Rungholt unterging und Nordstrand entstand. Vielleicht stimmt es ja." Er wandte sich in Richtung Altar. „Und das hier ..."
Okke Boysen zeigte ihnen alles mit Inbrunst, sichtlich stolz auf seine Kirche, deutlich der Meinung, dass es kaum eine schönere gebe. Er erläuterte Altar und Kanzel, Taufbecken und Sakramentsschrank, schließlich die Aposteldarstellungen an der Empore, Zeugnisse alter bäuerlicher Kunst.
Dann war die Führung zu Ende. Die Gruppe dankte ihrem Führer. Sybille Marxen widerstand nur knapp der Versuchung, Okke Boysen ein paar Geldstücke als Dankeschön in die Hand zu drücken, wie Frank Falke bemerkte. Verabschiedungen, ein jeder begann eigene Wege zu gehen. Kattrin Engels begab sich eilig zu ihrem Fahrrad, das sie an der niedrigen Friedhofsmauer abgestellt hatte, während Sybille Marxen unschlüssig über den Friedhof zu wandern begann. Auf vielen Gräbern blühten Lupinen in Rosa und Violett, der Friedhof bot einen verzauberten Anblick.
„Haben Sie noch etwas Zeit?"
„Ja, sicher." Ingmar Hagedorn sah Frank Falke freundlich an.
„Ich ..." Frank Falke sah sich um. „Einen Moment bitte." Er sah den beiden Frauen nach, die, jede in ihrer Richtung, sich langsam aus seiner Hörweite entfernten. Auch Okke Boysen war inzwischen bei seinem Fahrrad angekommen.
„Ich brauche Ihre Hilfe." Frank Falke zögerte. Er hatte lange überlegt, ob er Ingmar Hagedorn um Hilfe bitten konnte. Schließlich hatte er sich dafür entschieden, denn im Gegensatz zu allen anderen hatte Ingmar Hagedorn Lorenz Schmidt erst auf der Insel kennen gelernt. Detlef Knapproth hatte das be-

zeugt. Außerdem war ihm Ingmar Hagedorn sympathisch. Er sah ihn ernsthaft an. „Ich brauche wirklich Ihre Hilfe. Ich will den Mörder überführen."
„Oh!" Ingmar Hagedorn erbleichte sichtlich, Schrecken zeichnete sich auf seinem Gesicht ab. „Aber ich ... Warum ... Ich bin dafür nicht der Richtige."
„Nun warten Sie doch. Gestern Abend, Sie erinnern sich ..."
„Woran?"
„Da war doch dieser Zettel, der niemandem gehörte. Es ging um eine Verabredung heute Nachmittag in den Dünen. Ich möchte gerne wissen, wer da sein wird. Denn ich bin ganz sicher, dass der Zettel einem von uns gehörte. Aber wem?"
„Es war nicht mein Zettel. Wirklich nicht."
„Das glaube ich Ihnen."
„Aber dann ... Was hat das damit zu tun?"
„Genau weiß ich es auch nicht. Ich möchte es jedoch herausfinden. Auf dem Zettel stand: 14 Uhr 30, Leuchtturm, Dünen. Aber nun ist es leider so: Es gibt hier zwei Leuchttürme in den Dünen, den richtigen Amrumer Leuchtturm und das *Quermarkenfeuer.* Das habe ich jedenfalls meiner Karte gesehen. Und ich kann natürlich nicht an beiden Orten gleichzeitig sein. Deshalb dachte ich, wenn Sie mir helfen ..."
„Ich weiß nicht, ob das gut ist. Und was das mit Herrn Schmidt ... und mit dem, der ..." Ingmar Hagedorn brach unvermittelt ab. „Ich wollte das nicht."
„Wollen Sie mir nicht doch ..."
„Ich sollte das nicht tun, so etwas. Ich weiß nicht, ob das gut ist."
„Helfen Sie mir doch bitte. Ich vertraue Ihnen."
„Nein. Ich .."
„Bitte."
„Aber ..." Ingmar Hagedorn schaute zu Boden. Sie schwiegen. „Na gut. Wenn Sie wirklich wollen. Es ist aber nicht richtig."
„Danke." Frank Falke sah ihn aufmunternd an, zog die Karte hervor, erläuterte den Weg, bat ihn, eine halbe Stunde am

Leuchtturm auszuharren, die Augen aufzumachen und auf sich aufzupassen. Anschließend verabredeten sie sich am *Buchladen im Friesenhaus*, um hinterher irgendwo Kaffee zu trinken. Frank Falke blickte Ingmar Hagedorn nach, wie er mit dem Fahrrad davonfuhr. Ein Hochgefühl bemächtigte sich seiner. Dieser Zettel war ein Fingerzeig gewesen, genau der, auf den er so lange gewartet hatte.

Er schloss sein Fahrrad auf, setzte sich auf das Rad.

„Bruder Falke!"

Überrascht drehte er sich um. Vor ihm stand Propst Hansen.

„Was machen Sie denn hier?" entfuhr es ihm. Propst Hansen war vor einem Jahr pensioniert worden.

Propst Hansen lächelte. „Ich vertrete Pastor Cornelius an diesem Wochenende. Meine Frau und ich sind oft hier auf der Insel. Und Sie, lieber Amtsbruder?" Seine Miene wurde ernst. „Wie ich höre, sind Sie wieder in einen Mordfall verwickelt. Lassen Sie das nicht zur Gewohnheit werden."

„Nein ..." Frank Falke versuchte heimlich auf die Uhr zu gucken, kein einfaches Unterfangen mit dem Fahrrad in der Hand. Zehn nach zwei, die Zeit rannte ihm davon. Er musste zum Quermarkenfeuer. „Ich muss leider weiter. Eine Verabredung. Auf Wiedersehen. Grüßen Sie Ihre Frau."

Ohne eine Antwort abzuwarten, fuhr er davon. Schade, er hätte sich gern mit Propst Hansen noch ein wenig unterhalten. Andererseits ... Frank Falke versuchte, die Zeit aufzuholen, fuhr, so schnell er konnte, bemerkte den Wind, der ihm entgegenblies. Nebel war anders als Norddorf, die Häuser wirkten älter, friesischer. Er fuhr an reetgedeckten Häusern vorbei, an kleinen Gärten mit Stockmalven und Rosen, verließ den Ort, kam ins Schwitzen, fuhr die Straße nach Norddorf entlang, bog in Richtung Kiefernwald ein. Der Weg zum Quermarkenfeuer begann bei der Vogelkoje, so hatte er auf der Karte gesehen. Rechts von ihm lag eine Heidelandschaft. Er staunte erneut über die Vielseitigkeit der Landschaftsformen, die auf der Insel zu finden war: Dünen, Wald, Heide und Marschwiesen.

Frank Falke hatte die Vogelkoje erreicht, ein unscheinbarer quadratischer Teich, von Wald umgeben, dessen Funktion als Vogelfangplatz er nicht durchschaute. Aber heutzutage wurden hier ja keine Vögel mehr gejagt. Er stellte das Fahrrad ab, sah Rehe in einem Gehege äsen, suchte den Weg zum Quermarkenfeuer, ging den Sandweg in Richtung Düne. Der Wind hatte zugenommen, blies ihm um die Ohren. Bald würde er Bescheid wissen ... er – oder Ingmar Hagedorn. Wahrscheinlicher war es ja, dass die Verabredung sich auf den roten Leuchtturm bezog, das Wahrzeichen Amrums, aber andererseits sagte ihm sein Gefühl ...

Er ging den Sandweg weiter, der jetzt die Heide verließ und in einen Bohlenweg überging. Rechts sah er überraschenderweise große Steine, Findlinge im Sand liegen. Es konnte sich keinen Reim darauf machen. Zugleich spürte er, wie seine Euphorie verflog. Auf was hatte er sich da eigentlich eingelassen? Auf einen kleinen unbedeutenden Zettel, der ihm aus irgendwelchen Gründen wie die große Offenbarung vorgekommen war. Warum eigentlich? Was, wenn sich alles als ganz harmlos herausstellte, falls er sich getäuscht hatte oder falls niemand kam? Aber das konnte doch nicht sein. Plötzlich ein böser Gedanke: Und wenn er Ingmar Hagedorn jetzt in Gefahr brachte? Wer einmal gemordet hatte ... Er verdrängte diesen Gedanken schnell.

Der Bohlenweg führte auf eine Treppe zu. Vor sich konnte er in einiger Entfernung das rot-weiße Quermarkenfeuer sehen, einen kleinen Leuchtturm mit spitzem roten Hut, der irgendwie witzig über der Düne thronte. Er stieg langsam die erste Treppe hinauf, sah sich sorgfältig um. Nichts Auffälliges war zu entdecken.

„Entschuldigen Sie, ist das der Weg zur Strandhalle?“

Ein altes Ehepaar, das am oberen Ende der Treppe gewartet hatte, wandte sich an ihn.

„Ich weiß nicht. Ich glaube nicht.“

„Wie bitte?“

„Mein Mann ist schwerhörig“, erläuterte die Frau mit lauter Stimme. „Was haben Sie gesagt?“
„Ich glaube nicht!“ Er sprach, so laut er konnte.
„Und wo ist der Weg dann?“
„Ich weiß nicht. Hier geht es zur Vogelkoje.“
„Danke, junger Mann.“ Der alte Herr wandte sich von ihm ab.
„Oh Frieda, und was nun? Dann müssen wir ja ...“
„Reg dich nicht auf, Otto, wir gehen. Oder wenn wir doch in die andere Richtung ...“
Er verließ die beiden, sah sie die Treppe hinuntersteigen. Er drehte sich um, ging den Bohlenweg weiter, der ihn nach einer weiteren Treppe auf die Spitze der Düne und zum Leuchtturm führen würde. Niemand war zu sehen. Das Quermarkenfeuer lag jetzt dicht vor ihm. Er sah auf die Uhr. Fünf Minuten nach halb drei. Wen würde er hier treffen? Würde er jemanden treffen? Er schaute die Treppe zum Quermarkenfeuer hinauf, überlegte, ob es gut sei hinaufzugehen, versuchte zu erkennen, ob jemand oben sei. Plötzlich meinte er ein Geräusch zu hören. Er wollte sich umdrehen, als sein Kopf vor Schmerz explodierte. Etwas traf ihn am Hinterkopf. Er schrie, merkte noch, wie seine Beine wegknickten, sackte in sich zusammen. Als sein Körper auf die Bohlen fiel, dort abrutschte und vom Weg herab weiter in den Sand glitt, war er schon ohne Bewusstsein.

GESTÄNDNISSE

»Und die Wahrheit wird euch frei machen.«

Johannes 8, 32

XIX.

Der Arzt kam heraus, schloss die Tür hinter sich. „Sie können jetzt zu ihm, Herr Kommissar."
Carsten Wegener nickte. „Danke. Können Sie mir etwas über seinen Zustand sagen?"
„Ein leichtes Hirn-Schädel-Trauma." Der Arzt, ein etwa fünfzigjähriger, kräftig gebauter Mann, dem man die vielen Jahre auf der Insel am Gesicht ansah, blickte ihn nachdenklich an, so, als würde er überlegen, wie viel Fachwissen man einem Laien zumuten konnte. „Gehirnerschütterung, um es einfach zu sagen. Und natürlich ein paar Prellungen, Schrammen, die er sich beim Fallen zugezogen hat. Insgesamt hat er Glück gehabt, der Schlag kann nicht allzu hart gewesen sein und beim Hinfallen hätte auch mehr geschehen können. Keine Brüche, keine Überdehnungen. Kopfschmerzen, Schwindel, Neigung zum Erbrechen, mehr nicht. Ein bis zwei Tage Bettruhe, dann ist es vorbei. Wenn der Mann härter zugeschlagen hätte, dann ..."
„Der Mann?"
„Oder die Frau ... Man braucht nicht soviel Kraft, um einen Menschen zu erschlagen." Der Arzt seufzte. „Leider."
„Und die Tatwaffe?"
„Ein stumpfer Gegenstand, ich würde auf einen Stein tippen. Oder eine Flasche, obwohl es mehr nach einem Stein aussieht."
Den wir dort in den Dünen niemals finden werden, dachte Carsten Wegener. Der zweite Versuch des Täters. Hoffentlich gab es keinen dritten.

„Danke, Herr Doktor.“
„Da nicht für.“ Der Arzt ging die Treppe hinunter, wurde unten an der Treppe von Frau Boysen empfangen, die aus ihrer Neugierde keinen Hehl machte. Carsten Wegener öffnete die Tür zu Frank Falkes Zimmer, trat ein. Der Pastor lag in seinem Bett, den Kopf mühsam gegen ein Kissen gelehnt. Dicht unter seinem linken Auge war eine große rote Schramme zu sehen. Wahrscheinlich hatte er sich die beim Fallen geholt.
„Guten Abend, Pastor Falke. Da bin ich.“
„Oh, Herr Wegener.“ Frank Falke richtete sich auf. „Herr Kommi...“ Er begann plötzlich zu würgen, kämpfte Mitleid erregend mit dem Gefühl, erbrechen zu müssen.
„Nicht bewegen, Herr Pastor.“
„Das sagen Sie so einfach.“ Der Brechreiz ließ langsam nach. Frank Falke rang nach Luft.
Carsten Wegener setzte sich auf den Stuhl, der neben dem Bett stand, sah sich im Zimmer um, betrachtete Frank Falke. Er war ärgerlich auf den Pastor, auf dessen Einmischung. Natürlich hatte er sich erkundigt. Pastor Falke war tatsächlich in den letzten sechs Jahren in fünf Mordfälle verwickelt gewesen und wirklich hatte er in all diesen Fällen den Täter benannt. Der Zeitfaktor, dachte er. Er war sicher, dass die Kolleginnen und Kollegen der benachbarten Mordkommissionen die Fälle auch ohne die Hilfe des Pastors gelöst hätten, nur eben ein wenig später. Trotzdem, sonderbar war diese Anhäufung von Tötungsdelikten, mit denen der Pastor in Berührung gekommen war, schon. Es war, als ob er Mord und Totschlag geradezu magisch anziehen würde. Dennoch gab ihm das kein Recht, sich in die Polizeiarbeit einzumischen.
„Habe ich Sie nicht gewarnt? Sie haben sich also wirklich an die Arbeit gemacht.“ Carsten Wegener schüttelte ärgerlich den Kopf. „Mord ist nichts für Hobbydetektive.“
„Ich weiß.“ Frank Falke fuhr sich mit der Hand an die Stirn. „Diese verdammten Kopfschmerzen. Mein ganzer Kopf dröhnt.“

„Ich werde es kurz machen, Herr Falke. Können Sie mir den Tathergang schildern?“
„Nein. Aber ...“ Frank Falke fing an zu erzählen, berichtete vom aufgefundenen Zettel, der niemandem gehört hatte, von seinem Plan, den Täter zu überführen, von Ingmar Hagedorns Mithilfe und schließlich von seinen Vermutungen, zu welchem Zweck das Treffen arrangiert worden war.
„Mit Ihren Ideen liegen Sie falsch. Ganz und gar.“ So war das nämlich mit den Laien und ihren Ideen. Wie gut, dass es noch die Polizei gab. Andererseits ... Carsten Wegener kratzte sich nachdenklich am Kinn. „Zugegeben, Pastor Falke, andererseits, für irgendjemand muss die Verabredung etwas bedeutet haben. Warum sonst hätte man sie niedergeschlagen. Und Sie haben wirklich niemanden erkannt?“
„Nein.“
„Schade, obgleich es wohl Ihr Glück ist.“
„Wieso das?“
„Weil Sie sonst wohl nicht mehr am Leben wären.“ Er sah den Pastor an. Seltsam, wie oft man die einfachsten Schlussfolgerungen verdrängte. Dabei war Pastor Falke intelligent genug, um selbst darauf zu kommen. „Vieles spricht doch dafür, dass Sie niedergeschlagen wurden, damit Sie eine bestimmte Person nicht identifizieren können. Hätte diese Person auch nur den leisesten Grund zu der Vermutung gehabt, dass dies doch der Fall sein könne oder Sie sich gar umgedreht hätten, hätte sie härter zugeschlagen. Und in dem Fall ...“
„Oh ja.“
„Oder wurde Ihnen etwas gestohlen? Dann sähe die Sache anders aus.“
Frank Falke schüttelte den Kopf.
„Sehen Sie.“
„Ja.“
Sie schwiegen.
„Wieso liege ich mit meinen Vermutungen falsch?“ beendete Frank Falke nach einiger Zeit die Pause.

„Das wollte ich Ihnen erzählen. Ihre Vermutung bezüglich der Person, die sie am Tatort angetroffen haben ..."
„Ja?"
„Wir haben den Mann gestern Nachmittag verhaftet." Es machte ihm Freude, in das verblüffte Gesicht des Pastors zu sehen. Polizeiarbeit, vor allem auch polizeiliche Routine, wurde oft genug unterschätzt. „Er lief einem unserer Beamten in die Arme. Ihre Personenbeschreibung war doch nicht so schlecht. Kai Hahnenkamp alias Jupp Breuer alias Klaus Dyckmann alias Tobias Müller. Vermutlich gibt es noch weitere falsche Namen. Eine wandlungsfähige Person. Ein Heiratsschwindler, um genau zu sein. Er wurde steckbrieflich gesucht. Und deshalb ..."
„Die Kirche!"
„Wie bitte?"
„Jetzt weiß ich, wo ich den Mann schon einmal gesehen habe. Am Sonntag in der Kirche. Er saß neben mir im Gottesdienst, neben einer älteren und ... ähm, wohlhabenden Frau. Warum ist mir das bloß nicht eingefallen?"
„Er war wieder bei der Arbeit, ja. Wieder eine ältere Dame, das war seine Masche."
„Und ist er der Mörder von Lorenz Schmidt?"
„Ich denke nicht." Sein Zorn auf den Pastor ließ nach. Irgendwie tat ihm der Mann auch Leid. „Es gibt nicht das geringste Motiv. Abgesehen davon, dass er wahrscheinlich nachweisen kann, um Viertel nach drei nicht am Tatort gewesen zu sein. Wir überprüfen das noch."
„Aber warum hat er dann den Leichnam von Lorenz Schmidt verschwinden lassen wollen?"
Carsten Wegener dachte an das Verhör zurück. Kai Hahnenkamp war alles andere als ein geständiger Täter gewesen, hatte trotz erdrückender Beweise, die aus früheren Fällen gegen ihn vorlagen, kaum Auskunft gegeben, in wenigen Worten alles abgestritten, seinen Anwalt verlangt. Und natürlich war seine Beziehung zu der alten Dame, mit der er jetzt hier auf

Amrum war, nach seinen Angaben völlig harmlos. Das Bild hatte sich aber schlagartig gewandelt, als er mit dem Mord an Lorenz Schmidt konfrontiert worden war. Auf einmal waren die Aussagen nur so aus ihm herausgesprudelt, ein redseliger Kai Hahnenkamp saß vor ihm, wie er es noch wenige Momente zuvor kaum für möglich gehalten hätte. Jedoch konnte er den Mann verstehen. Jeder Kriminelle hatte sein eigenes Ethos und Mord und Heiratsschwindel waren tatsächlich zwei ganz verschiedene Dinge.

„Warum er die Leiche verschwinden ließ?“ Carsten Wegener schmunzelte. Ein Gefühl von Überlegenheit stellte sich ein. „Das ist doch ganz einfach: Als Zeuge, der die Leiche fand, hätte er seine Personalien angeben müssen. Bei Ihnen war es ja auch so, Sie mussten doch auch Ihren Personalausweis vorlegen. Da hätten wir ihn natürlich erkannt. Er wusste ja, dass er gesucht wurde. Er ist nicht dumm, der Mann, sonst wäre er auch nicht mit seinen Betrügereien so weit gekommen. Es ist nicht so einfach, wohlhabende alte Damen zu beschwindeln. Nun, und dort oben an der Odde nach dem Leichenfund einfach weiterzugehen war ihm auch zu riskant. Jemand hätte ihn sehen können, ihm auf dem Rückweg begegnen können, dann wäre er nicht nur als Zeuge, sondern auch als Verdächtiger in unser Visier geraten. Er wusste ja schließlich, wie die Polizei arbeitet. Nein, das Einfachste war, den Leichnam ins Wasser zu befördern und schnell zu verschwinden. Niemand hätte ihn mit der Angelegenheit in Verbindung gebracht, wenn bald darauf die Leiche an Land getrieben wäre. Sein Pech nur, dass Sie daherkamen. Übrigens, gesehen hat er niemanden.“

„Ja.“ Frank Falke sah ihn verlegen an. „Könnten Sie mir einen Tee einschenken? Neben mir steht das Tablett. Ich habe ein bisschen Sorge, mich zu viel zu bewegen.“

„Selbstverständlich.“ Er erhob sich, schenkte dem Pastor eine Tasse Tee ein, reichte ihm die Tasse. Frank Falke begann vorsichtig zu trinken. Carsten Wegener setzte sich wieder, sah ihm zu, wandte den Kopf ab, schaute aus dem Fenster. Der Himmel zog sich zu, vermutlich würde es bald regnen. Er hoffte, dass die Kollegen, die jetzt den Weg absuchten, auf dem der Pastor niedergeschlagen worden war, etwas finden würden. Vielleicht eine Kleinigkeit, die ihren Ermittlungen eine Richtung geben würde.

„Ich hoffe inständig, dass alles bald vorbei ist." Frank Falke setzte die Teetasse vorsichtig ab. „Haben Sie den Täter gefunden?"

„Den Mörder von Lorenz Schmidt? Nein, noch nicht. Wir haben da gewisse Ideen, aber ... Und denjenigen, der Sie niedergeschlagen hat? Auch noch nicht. Wobei es sich vermutlich um dieselbe Person handelt."

„Ja, das denke ich ... Oh, dieser Kopf. Das denke ich auch, wollte ich sagen. Warum ... warum passiert mir das alles?"

„Weil Sie ..." Carsten Wegener brach den Satz ab. Weil Sie sich in die Polizeiarbeit einmischen, hatte er sagen wollen, aber stimmte das so? Wenn er den Pastor richtig verstanden hatte, war es keineswegs sein Bedürfnis, Mordfälle auf eigene Faust aufzuklären. Dennoch tat er es. Zum Ärger der Polizei. „Ich weiß nicht. Sie glauben an Gott." Er lächelte kurz, wurde ernst. „Ich vielleicht auch, ich bin mir da nicht so sicher. Man sieht zu viel Schreckliches in meinem Beruf."

„Das glaube ich Ihnen. Sie halten es für eine Gottesfrage? Eine Berufung?" Frank Falke zuckte mit den Achseln, biss sofort die Zähne zusammen, als er den Schmerz spürte. „Vielleicht haben Sie Recht."

„Das habe ich nicht gesagt. Dann sollten Sie Polizist werden. Aber", er schüttelte langsam den Kopf, „Sie kennen sich da aus, Herr Pastor."

„Ja, das sollte ich wohl. Aber wenn es einen selbst betrifft ... Man ist sowieso viel zu schnell dabei, einfache Antworten zu finden."

„Das glaube ich." Doch, der Pastor war ihm irgendwie sympathisch. Das hatte er schon bei ihrer ersten Begegnung bemerkt. „Das ist auch in meinem Beruf immer eine Versuchung."

„Ja, in meinem auch." Sie schwiegen erneut.
„Es muss jemand von den Pensionsgästen getan haben", begann Frank Falke erneut zu überlegen. „Mich niederzuschlagen, meine ich. Wissen Sie ... wissen Sie schon, was die Einzelnen getan haben?"
„Noch nicht bei allen. Im Augenblick sitzen zwei meiner Kollegen unten und befragen alle genau. Aber nach dem, was ich vorhin hörte, sieht es schlecht aus. Jeder war irgendwo, ohne exakte Zeugen. Das ist auch verständlich. Sehen Sie, weisen Sie einmal nach, dass Sie am Nachmittag in der Fußgängerzone waren. Viele Leute sehen Sie, doch niemand nimmt Sie wirklich wahr. Natürlich, wenn Sie ein Geschäft betreten und etwas kaufen oder in ein Café gehen zum Beispiel, dann ist es schon wieder etwas anderes, so jedoch ... Der Einzige, von dem wir schon eine konkrete Aussage haben und sie auch schon überprüft haben, ist Herr Hagedorn. Er war bis kurz nach drei am Leuchtturm ..."
„Ich habe ihn da hingeschickt."
„Ich weiß. Er hat eine Eintrittskarte vom Leuchtturm und kann die Gegend gut beschreiben. Also sollte man annehmen, dass er wirklich da war. Andererseits erinnert sich die Frau an der Kasse nicht an ihn. Sehen Sie, das ist es, was ich meine. Er war wohl da, aber man erinnert sich nicht. Warum auch, bei hunderten von Menschen, die täglich den Leuchtturm besteigen?"
„Ich verstehe. Warum wurde ich niedergeschlagen? Warum die Verabredung, wenn es nicht um ein Treffen mit diesem Herrn Hahnenkamp ging?"
„Ich weiß nicht."
„Vielleicht die Erbschaftsgeschichte. Vielleicht war es so ..." Frank Falke sah ihn verblüfft an. „Warum lachen Sie?"
„Weil wir den Erben gefunden haben." Er musste wirklich lachen. Die Polizei wurde tatsächlich allzu oft unterschätzt. „Es ist Herr Boysen. Und der kann Sie nun wirklich nicht niedergeschlagen haben. Er saß ab Viertel vor drei bei uns und wurde befragt."

„Oh ja.“ Deutliche Enttäuschung zeigte sich im Gesicht von Frank Falke. „Aber dann ... Herr Boysen ist der Nachkomme Karls?“
„Genau. Hans, das ist der wirkliche Name des Vermissten, war sein Vater. Am Tage des Mordes, am Sonntag Mittag hat ein Gespräch zwischen Lorenz Schmidt und Herrn Boysen stattgefunden. Schmidt hat ihm alles erzählt und gedroht, die Geschichte vor Gericht zu bringen. Das heißt, eigentlich nicht gedroht.“ Carsten Wegener dachte an das Gespräch mit Herrn Boysen zurück, wie jener zuerst zögernd, dann aber sichtlich erleichtert ihm alles erzählt hatte. Und doch hatte ihn das Gefühl nicht verlassen, dass ihm Herr Boysen etwas verheimlichte. „Herr Boysen hat es nicht verstanden. Lorenz Schmidt hat ihm die Geschichte erzählt, als ob ihn das nichts anginge. Die beiden haben sich dann gestritten. Sie wissen wahrscheinlich nicht, dass Herr Boysen mit seinem Bruder wegen der Erbschaft des Hauses im Streit liegt.“
„Nein, das wusste ich nicht.“
„Herr Boysen sagte, seine Angst wäre gewesen, sein Bruder könne aus der Geschichte Vorteile ziehen. Zum anderen hätte er nun endlich gewusst, wo sein Vater begraben liege.“
„Die Blumen am Grab auf dem Friedhof der Unbekannten.“
„Sie haben sie auch gefunden?“
„Ja. Und ist er der Täter?“
„Ich glaube nicht. Er sagt, er sei mit dem Fahrrad den Wattweg entlang gefahren, bis zu der Stelle, wo das Kreuz mit der Bibel ist. Dort habe er sich hingesetzt, um nachzudenken. Gesehen habe ihn niemand, jedenfalls kann er sich nicht daran erinnern, so sagt er. Es war ja auch schlechtes Wetter. Von einem Totenschein will er allerdings nichts wissen. Das glaube ich nicht ganz, vermutlich hat er den Schein gestohlen. Aber das kann man nur schwer nachweisen.“
„Also können wir ihn streichen.“
Carsten Wegener musste lachen. „Sie brauchen niemanden zu streichen. Sie sind krank und liegen im Bett. Danken Sie Gott,

dass Sie so viel Glück gehabt haben. Ihr Beruf ist das Predigen. Wir, wir werden den Täter finden.“ Er wurde ernst. „Ich möchte nicht noch den Fall eines toten Pastors bearbeiten müssen. Im Übrigen ... ich glaube nicht, dass Herr Boysen Lorenz Schmidt ermordet hat. Allerdings ... rein von den Umständen, er könnte überall gewesen sein, auch an der Odde ... Ja, er könnte es sein.“

XX.

„Wer könnte es sein?“ Frauke Boysen empörte sich. Die Polizeibeamten hatten auch sie verhört, hatten sie nach jenem Zettel vom gestrigen Abend gefragt, ob sie die Schrift erkannt und wer ihn mitgenommen hätte. Sie hatte keine Ahnung. Sogar nach einem Alibi für die Zeit, da der Pastor niedergeschlagen worden war, hatte sich ein junger Beamter erdreistet zu fragen! Sie! Frauke Boysen – die noch nie mit der Polizei Kummer gehabt hatte. Wo sollte sie schon gewesen sein, im Haus natürlich und mal wieder auf der Suche nach Jessica, die sich erneut irgendwo herumgetrieben hatte. Das war auch noch so ein ungelöstes Kapitel. Sie hatte gestern versucht mit Jessica zu reden, ohne richtigen Erfolg. Dabei war das so wichtig. Ihre Enkelin brauchte Hilfe, da war sie ganz sicher. Na ja, immerhin hatte der Polizeibeamte gelächelt, als sie ihr „Alibi“ vorgetragen hatte. So richtig ernst war die Frage wohl nicht gemeint gewesen. Aber eins war ihr deutlich geworden: Einer aus dem Haus musste es getan haben. Und der hatte auch den Herrn Schmidt umgebracht. Die Erkenntnis hatte sie schockiert. Einer ihrer Gäste ...

„Ein Mörder in unserem Haus! Und dann auch noch den Pastor niederzuschlagen! Ich werf die ganze Bande raus.“

„Nun mal ruhig, Frauke.“

„Sei du bloß still, Okke Boysen. Nach dem, was du mir angetan hast.“

„Aber Frauke ..." Okke saß am Küchentisch, spielte unruhig mit einer unangezündeten Zigarette. „Ich habe dir nichts getan, das weißt du. Und weißt du, was Redlef gemacht hätte, wenn er die Geschichte von unserem Vater erfahren hätte? ... keine Ruhe gegeben, bis wir alle am Hungertuch genagt hätten. So ist das doch."
„Du und Redlef. Ihr solltet euch endlich vertragen."
„Nein." Okke Boysens Gesicht verfinsterte sich. „Nicht mit Redlef, Frauke, so Leid es mir tut." Er erhob er sich, fischte sein Feuerzeug aus seiner Tasche. „Ich gehe jetzt rauchen."
„Du hättest mir die ganze Geschichte erzählen sollen."
„Ja." Er schaute zu Boden.
„Mein lieber Mann, Okke Boysen, ich hätte der Polizei doch nie was von dem Totenschein erzählt, wenn ich gewusst hätte, dass du ihn genommen hast. Du bist auch einer, Okke. Hältst immer lieber den Mund. Was hast du eigentlich mit dem Schein gemacht?"
„Hab ich verbrannt."
Sie nickte. Daher also der verkohlte Fetzen Papier, den sie im Haus gefunden hatte. Wahrscheinlich war er an Okkes Schuh haften geblieben, als er das Feuer ausgemacht hatte. Und sie musste ausgerechnet dem Pastor davon erzählen. „Und den Pastor ... den werf ich auch raus, sobald der wieder gehen kann. Das gehört sich doch nicht, seine Gastgeber anzuzeigen, wo du gar nichts getan hast. Aber das mit dem Schein war nicht in Ordnung. Überhaupt: Das sind die letzten Gäste, die mir ins Haus kommen, das kannst du glauben. Ich mag nicht mehr. Und du", sie sah ihn kopfschüttelnd an, „du warst wirklich bei der Polizei, als das mit dem Pastor geschah?"
„Kurz danach, ja." Er sah ihren fragenden Blick. „Ganz kurz danach. Du glaubst doch nicht etwa ..."
An der Küchentür klopfte es. Ein älterer Kriminalbeamter schaute herein.
„Wir sind mit den Befragungen fertig, Frau Boysen. Vielen Dank, dass wir Ihre gute Stube nutzen durften."

Sie nickte. Okke verschwand, ohne noch ein Wort zu sagen, nach draußen zum Rauchen. Sie sah ihm nach, brachte die Kriminalbeamten zur Tür, beschloss, nach den Gästen zu sehen, die sich schweigend in der Gaststube versammelt hatten.
„Einfach den Pastor niederzuschlagen ..." Herr Hagedorn saß völlig geknickt auf einem der Stühle.
„Das war einer von euch."
„Sagen Sie das nicht. Außerdem, dem Mann ist doch nicht viel passiert. Einen auf den Kopf, das kommt schon mal vor." Das war Detlef Knapproth.
„Bei mir nicht." Frauke Boysen betrat die Stube. „Bei mir kommt das nicht vor. Sie können alle gehen."
„Was soll das heißen?"
„Die Sachen packen."
„Es war bestimmt einer von denen." Sybille Marxens zeigte mit dem Finger in die Runde. Ihre Stimme hatte wieder diesen hysterischen Unterton, den sie schon einmal bei ihr gehört hatte. „Einer. Wir anderen sind unschuldig. Wir haben ihn nicht umgebracht."
„Wie kommst du darauf, mein Schatz?" Die Worte waren voll Ironie. Kattrin Engels wandte sich ihrer Freundin zu. „Wieso redest du vom Mord an Lorenz?" Und zu Frauke Boysen gewandt: „Ich dachte, es ging um den Überfall auf den Pastor."
„Beides." Frauke Boysen verschränkte ihre Arme eisern vor der Brust, spürte erst recht ihre Empörung. „Beides. Und das mit dem Pastor war einer von Ihnen. Ganz sicher." Sie zögerte. „Mit dem Mord weiß ich nicht. Ich will da nichts sagen."
„Sie hat Recht." Ingmar Hagedorn nickte. Er war kaum zu hören. „Das muss einer von uns gewesen sein."
„Dann hat auch einer von uns Lorenz umgebracht." Kattrin Engels faltete die Hände, presste ihre Handflächen zusammen. „Wer von euch ..."
„Was geht das überhaupt den Pastor an?" Sybille Marxen unterbrach sie. „Uns nachzuschnüffeln. So jemand will Pastor sein. Uns aufzulauern."

„Der Pastor interessiert sich dafür.“ Detlef Knapproth grinste schief. „Oder hat er Sie noch nicht ausgefragt. Mich schon.“ Das Grinsen verschwand. „Meinetwegen kann er fragen, was er will. Mir doch egal.“
„Und Sie haben ihm dabei geholfen.“ Sybille Marxen wandte sich an Ingmar Hagedorn. „Vielleicht haben Sie ihn auch geschlagen. Sie wussten ja, wo er war.“
„Ich ... ich war am Leuchtturm. Er hatte mich gebeten, dorthin zu fahren und ...“
„Für den Pastor tun Sie alles.“
„Ich wollte das nicht. Es war nicht richtig.“ Seine Stimme wurde immer leiser. „Es war nicht richtig, das habe ich ihm auch gesagt, aber ...“
„Ich war am Strand.“
„Nanu, diesmal kein Alibi, Herr Knapproth?“
„Was soll das heißen? Wo waren Sie denn, Frau Engels?“
„Ich bin spazieren gegangen.“
„Ach, vielleicht am Quermarkenfeuer? Mit einem Stein in der Hand?“
„Gott sei Dank lebt der Pastor noch.“ Ingmar Hagedorn wurde wieder vernehmlich, seufzte. „Wenn ihm etwas Richtiges passiert wäre ...“
„Stimmt. Aber das ist schon schlimm genug. Vor allen Dingen, dass einer von Ihnen ...“
„Nun hören Sie schon damit auf, Frau Boysen! Es kann jeder gewesen sein, das wissen Sie auch. Einer von Ihnen ... Einer von Ihnen ... Jeder dumme Spaziergänger kann ihn niedergeschlagen haben. Und er hat sich ja auch nicht viel getan, als er von den Bohlen gerutscht ist. Also, was soll das?“
„Herr Knapproth! In diesem Haus rede ich. Und wenn Sie noch einmal in diesem Ton mit mir reden, werfe ich Sie wirklich raus!“ Sie drehte sich um, wandte sich zur Tür.
„Warten Sie bitte.“ Ingmar Hagedorn rief ihr nach.
„Ja.“
„Dürfen wir bleiben? Bitte, es ist ja auch nicht mehr lange.“

„Frauke, kommst du mal?“ Okke stand im Flur.
Ohne ein weiteres Wort zu sagen, drehte sie ihren Gästen den Rücken zu, folgte ihrem Mann. In der Küche stand Dr. Schneiber.
„Entschuldigen Sie vielmals, Frau Boysen! Ich sollte jetzt auch gar nicht hier sein, gleich beginnt unsere allabendliche Lesung, aber als ich hörte, was da heute Nachmittag passiert ist ... die Presse, wissen Sie?“
„Nein.“
Dr. Schneiber schwitzte, war sichtlich in Not. Frauke Boysen sah ihn ungnädig an, hatte genug von diesem Dichtervolk, das so viel Unheil ins Haus brachte. In ihr Haus! Auf ihre alten Tage! So etwas! „Was wollen Sie?“
„Nun“, Dr. Schneiber begann einen neuen Anlauf, „wenn ich es richtig verstanden habe, verdächtigt die Polizei einen unserer Dichterkollegen. Hat man schon jemanden verhaftet?“
„Nein. Weiß ich nicht.“
„Sie wissen nicht, wer es war“, ergänzte Okke.
„Sehen Sie, sehen Sie. Und solange sie es nicht wissen, fällt, wenn ich so sagen darf, der dunkle Schatten des Verdachts, dieser zerstörende ... Also kurz gesagt, der ganze Verein gerät in Misskredit. Bei dem Mord an Schmidt war das ja noch etwas anderes, das konnte ja jeder gewesen sein, aber das hier ... Eben war schon so eine Journalistin bei mir und ich befürchte, bald wird sie auch hier sein und Sie befragen, Frau Boysen, und Sie, Herr Boysen. Da wollte ich ...“
„Wir sollten sie hier lassen, Frauke.“
„Wen hier lassen?“ Dr. Schneiber verstand nicht.
„Die Dichter. Meine Frau wollte sie rauswerfen.“
„Oh nein! Alles, nur das nicht!“ Dr. Schneiber wurde noch bleicher. „Dieser dunkle Schatten des Verdachts, wie ich schon sagte, er ...“ Er wiederholte sich, wiederholte sich mehrfach. Eine Viertelstunde später ging er. Aber sie hatten ihm doch versprochen, die Dichter im Haus zu lassen. Und mit der Presse wollte sie sowieso nicht reden. Das gehörte sich nicht, über sei-

ne Gäste zu plaudern. Selbst nicht mit der netten Frau vom *Inselboten.*

„Es ist besser so, Frauke, glaub mir."

Sie seufzte. Es wurde ihr alles zu viel. „Wenn du meinst, Okke."

„Hallo Oma! Tag Opa!" Jessica kam herein. Sie strahlte über das ganze Gesicht.

„Dir scheint das ja gut zu gehen."

„Ja, Oma. Ich weiß was ... Aber verrat ich nicht." Sie grinste.

XXI.

„Ich habe Ihren Mann nicht verraten, Frau Boysen." Frank Falke befand sich im Erklärungsnotstand. „Überhaupt, verraten, was für ein Wort, es geht doch immerhin um einen Mordfall."

„Ich weiß. Und Sie haben mich nach Okkes Familie ausgefragt." Sie stellte das Frühstückstablett, das sie ihm ins Zimmer gebracht hatte, auf den Nachttisch. „Danach haben Sie es sofort der Polizei erzählt."

„Nein, habe ich nicht." Er zögerte, spürte, wie er wütend wurde. Der Kopf schmerzte immer noch, selbst wenn er sich schon besser fühlte als gestern Abend, auch die Schrammen an Arm, Bein und Gesicht brannten.

Frank Falke hatte eine unruhige Nacht hinter sich, war mehrfach wach geworden, hatte Schwierigkeiten gehabt, wieder einzuschlafen. Die Kopfschmerzen, das Selbstmitleid, das in Zorn übergegangen war, Zorn darüber, dass er sich wie ein Idiot hatte niederschlagen lassen, ohne auch nur das Geringste zu bemerken, der Ärger, die Verwirrung, die das Gespräch mit Kommissar Wegener ausgelöst hatte – nicht eine seiner Theorien war richtig gewesen. Und Kommissar Wegener war so verdammt selbstsicher. Dabei wusste er doch anscheinend auch nicht mehr als er. Und nun kam ihm auch noch Frau Boysen mit diesen unsinnigen Anschuldigungen.

„Mir brauchen Sie nichts erzählen, Herr Pastor. Sie haben ..."
„Nun hören Sie schon endlich auf!" Er schrie sie beinahe an. Aber es reichte ihm auch wirklich.
Frauke Boysen riss den Mund auf, schloss ihn wieder, brachte kein Wort heraus. Sie wandte sich ab, deutete kühl auf das Tablett. „Ich hol das nachher wieder ab." Sie wandte sich zur Tür.
Ein Gedanke schoss ihm durch den Kopf. Der Totenschein ... Andererseits, warum sollte er sich die Mühe machen, diese dickschädelige Insulanerin überzeugen zu wollen? Er versuchte es trotzdem: „Halt, warten Sie!"
„Was ist noch?"
„Warten Sie, der Totenschein. Sie haben mir doch den Rest von diesem Totenschein gezeigt. Und ich habe es dem Kommissar nicht erzählt. Das können Sie überprüfen."
Warum eigentlich nicht? Weil er doch auf eigene Faust ermitteln wollte? Es war sicher nicht die Rücksichtnahme auf seine Gastgeber, die ihn dies hatte für sich behalten lassen.
„So?" Frauke Boysen runzelte die Stirn. „Haben Sie nicht?"
„Fragen Sie Ihren Mann, ob die Polizei davon wusste."
„Werd ich. Und wenn ..." Es war fast komisch anzusehen, wie sie plötzlich verlegen wurde. „... Na dann tut mir das Leid. Wenn das stimmt", fügte sie energisch hinzu. „Bis gleich." Sie verschwand in der Tür.
Frank Falke hörte sie mit schweren Schritten die Treppe hinunter gehen. Er war immer noch erschrocken über seine eigene Heftigkeit, atmete tief durch, machte sich über das Frühstück her, stellte beglückt fest, dass er Appetit hatte. Das war ein gutes Zeichen.
Sein Zorn verrauchte. Weich gekochte Eier, Butter, Brötchen und Brot, Marmelade, Wurst, Käse, Joghurt – die Mengen hätten gut für zwei bis drei Personen gereicht. Gestern Nacht, der Weg zur Toilette war ein Alptraum gewesen, eine Beinahekatastrophe, so schwindlig war ihm gewesen. Und in den wachen Stunden war er immer wieder in Gedanken den Weg zum Quermarkenfeuer gegangen, hatte verzweifelt versucht, sich

an irgendetwas zu erinnern, was einen Hinweis bedeuteten konnte. Soviel war ihm inzwischen klar, der Täter musste irgendwo in der Nähe in einem der Dünentäler gesteckt haben. Durch das laute Gespräch mit den alten Leuten war er – oder war es eine Sie – auf ihn aufmerksam geworden. Aber wer? Immer wieder war er die Reihe der Mitbewohner der Pension durchgegangen, ohne sich entscheiden zu können. Rein gefühlsmäßig hätte er auf Detlef Knapproth getippt, aber der hatte für die Mordzeit zumindest ein Alibi. Oder auf Kattrin Engels. Es half nichts, er tappte im Dunkeln. Und auf die beiden alten Leute böse zu sein brachte er auch nicht fertig, denn immerhin waren sie es gewesen, die ihn gefunden hatten, als er aus seiner Bewusstlosigkeit erwacht war. Links und rechts an seiner Seite hatten die beiden ihn aus den Dünen herausgebracht, ihn gestützt mit Kräften, die er ihnen nie zugetraut hätte. Leider aber hatten auch sie nichts gesehen, nichts gehört, niemand war ihnen begegnet – es war zum Verzweifeln!
Frank Falke schaute zum Fenster hinaus. Graue Wolken soweit das Auge blickte, der Himmel eine dicht gefügte Masse aus Grau. Kein schöner Tag kündigte sich an. Innen und außen deckte sich.
All seine Gedanken waren falsch gewesen, alle Theorien, den Fremden betreffend. Auch die These war nicht mehr haltbar, dass ein Dichter seinen Lesungsplan beim Mord verloren und sich dann durch einen Einbruch in Lorenz Schmidts Zimmer einen neuen besorgt hatte. Das blutige Blatt an der Odde hatte wohl Lorenz Schmidt gehört. Er fragte sich, ob dies von der Polizei schon überprüft worden war. Und Okke Boysen hatte zwar den Totenschein aus dem Zimmer entwendet, aber nichts anderes.
Er beendete das Frühstück, stellte das Tablett vorsichtig zur Seite. Erneut stieg Zorn in ihm auf. Im Grunde genommen war er an der ganzen Misere selbst schuld! Dort oben, am Sonntag Nachmittag, nur wenige Schritte von der Leiche entfernt, hatte er sich vorgenommen, sich seinem Schicksal zu stellen – den

Mörder herauszufinden, wie er es unfreiwillig schon einige Male vorher getan hatte. Aber diesmal eben freiwillig, bereit anzunehmen, was ihm begegnete, und zu handeln, zu handeln! Stattdessen ... Brav zum Konvent war er gegangen, zwar mit dem Gefühl, woanders hinzugehören, andererseits aber froh und voller Sehnsucht nach einer heilen Welt. Die Welt war jedoch nicht heil, war es niemals gewesen, seit Adam und Eva das Paradies verlassen hatten. Als Theologe musste man das wissen! Und seine Versuche, etwas herauszufinden, Ordnung in diese chaotische Welt von Mord und Hass zu bringen ... lachhaft, halbherzig und letztlich daneben. Der Schlag auf den Kopf kam ihm auf einmal vor wie eine Quittung. Doch wenn er schon geschlagen wurde, dann wollte er auch wissen, von wem und warum. Zuerst einmal: Von wem? Wer das getan hatte ... Es wurde endlich Zeit, sein Schicksal in die Hand zu nehmen, statt alles laufen zu lassen, abzuwarten und zum Schluss prompt in die Falle zu laufen. „Es kommt darauf an, auf welcher Seite des Wasserwerfers man sitzt", hatte Detlef Knapproth gesagt. Nein, das war nicht dasselbe. Aber etwas zu tun ... Vielleicht sollte er endlich das tun, was er schon längst hätte tun sollen, Fragen stellen, reden, zuhören.
„Hat´s geschmeckt?" Frauke Boysen kam ins Zimmer. „Tut mir Leid mit vorhin."
Mehr sagte sie nicht. Er fragte, ob Frau Engels im Hause sei und ob sie vielleicht bei ihm vorbeischauen möge. Frauke Boysen nickte, versprach es auszurichten. Sie warf einen Blick aus dem Fenster. „Morgen ist wieder schönes Wetter." Sie drehte sich um, packte das Tablett, entschwand.
„Sie wollten mich sprechen?" Kattrin Engels betrat das Zimmer. Keine fünf Minuten waren vergangen.
„Sie waren mit Lorenz Schmidt verheiratet?"
„Nicht so laut." Kattrin Engels schloss eilig die Zimmertür hinter sich, starrte ihn feindselig an. „Was soll das werden? Ein Verhör? Wollen Sie auch noch Polizist werden?"
„Ich will verstehen. Wo waren Sie gestern Nachmittag?"

„Was geht Sie das an?"
„Ich bin niedergeschlagen worden."
„Und das gibt Ihnen das Recht, mich auszufragen. Was hatten Sie auch bei diesem Leuchtturm zu suchen? Das ging Sie doch nichts an."
Er wurde milder. „Wollen Sie sich nicht setzen?"
Kattrin Engels antwortete nicht. Sie machte ein paar Schritte ins Zimmer hinein, schien ins Nichts zu blicken, warf einen Blick aus dem Fenster. „Schöne Aussicht aus Ihrem Zimmer. Man kann das Seehospiz von hier sehen." Sie zögerte. „Und die Odde." Sie drehte sich um, setzte sich, rückte den Stuhl deutlich vom Bett ab. „Warum fragen Sie mich das? Nur weil Sie geschlagen worden sind?" Sie grinste. „Ein weinerlicher Mann. Davon gibt es schon zu viele."
Eine böse Bemerkung fiel ihm ein. Frank Falke unterdrückte sie gerade noch rechtzeitig. Er bemühte sich um einen sachlichen Ton. „... weil ich verstehen möchte, was geschehen ist. Mit Herrn Schmidt und mit mir. Zum Beispiel: Warum soll niemand wissen, dass Sie mit Lorenz Schmidt verheiratet waren?"
„Die Polizei weiß es doch. Und Ihnen hat es auch einer gesagt. Knapproth vermute ich, das sieht ihm ähnlich. Nur ... Sybille weiß es nicht."
Er nickte.
„Wollen Sie wissen, was ich am Sonntag gemacht habe? Darum geht es Ihnen doch. Oder?"
„Was haben Sie gemacht?"
„Ich ..." Sie faltete ihre Hände, ließ die Knöchel knacken. Ein unangenehmes Geräusch. Er hatte es schon öfter bei ihr gehört. „Dass ich Lorenz bei diesem Friedhof der Vermissten getroffen habe, wissen Sie. Sie waren ja dabei. Lorenz hat mich dann zum Essen eingeladen. So war er immer, eklig korrekt. Glauben Sie ja nicht, dass er etwas von mir wollte oder mir etwas Gutes tun wollte. Von wegen. Er fand lediglich, dass es sich so gehörte. Der Herr lädt die Dame zum Essen ein. Knigge, Seite soundso. Und ich hatte etwas mit ihm zu besprechen ..."

„Was?“
„Etwas Privates. Verdammt noch mal, das geht Sie nun wirklich nichts an.“
„Ent ...“ Frank Falke vollendete das Wort nicht. Nein, er wollte sich nicht entschuldigen. Er wollte etwas wissen. „Und dann?“
„Sybille hat uns nachspioniert. Ich sah sie plötzlich am Fenster stehen, wie sie uns mit aufgerissenen Augen ansah. Diese verdammte Eifersucht. Irgendwie war sie dahintergekommen, dass ich etwas mit ihm gehabt hatte. Und ... Ach ... ich bin jedenfalls raus und hab sie weggeschickt. Wir haben uns gestritten. Und sie ist auch nicht wirklich weggegangen. Als ich mit Lorenz in mein Auto stieg, war sie wieder da, stand ganz zufällig ein paar Meter von uns entfernt. Lorenz hat sie gar nicht bemerkt. Er hat nie etwas bemerkt, was nicht direkt vor seiner Nase war. Und dann hat er nicht mehr davon abgelassen. Ich habe uns beide“, Kattrin Engels zögerte, „Lorenz und mich meine ich, dann hierher zur Pension gefahren. Das war das letzte Mal, dass ich ihn sah. Ich bin dann zu unserem Strandkorb und habe auf Sybille gewartet. Sie kam nicht. Ich habe sie im Ort gesucht, wieder zurück zum Strandkorb ... Sie glauben das ja doch nicht, aber ich machte mir Sorgen um sie. Doch sie war nicht da.“ Kattrin Engels lachte bitter. „Inzwischen weiß ja jeder, wo sie war, ich auch. Reicht Ihnen das?“
„Was für ein Mensch war Lorenz Schmidt?“
Sie sah ihn ernst an. „Wollen Sie das wirklich wissen?“
„Ja.“ Er schaute ebenso ernst zurück.
„Ein Scheusal, ein Schwein, wenn Sie es genau wissen wollen. Mein Mann. Niemand konnte einen so demütigen wie Lorenz es tat. Niemand wird es je wieder wagen. Er bemerkte es nicht einmal. Wenn man Lorenz erschießen würde, würde er einen wahrscheinlich darauf hinweisen, dass man die Pistole falsch anfasst. Haben Sie einmal erlebt, dass ein Ehemann der ganzen Partygesellschaft laut dozierend erklärt, warum seine Frau zu viel trinkt, warum mehr als 0,348 Promille schädlich sind – ins-

besondere für *seine* Frau – und dann zu guter Letzt noch allen erklärt, unter welchen Krankheiten sie leidet und welche Tabletten sie nimmt? Ich hätte ihn umbringen können. Dabei meinte er es nicht einmal so. Es ging ihm nur darum, dass alles richtig war. Und Lorenz wusste natürlich, was richtig war. Immer. Ein Roboter. Ein gottverdammter Roboter. Aber am schlimmsten ..." Sie stand plötzlich auf, ging erneut zum Fenster, sah hinaus. Frank Falke wartete. Die Pause dehnte sich. Schließlich drehte sie sich ruckartig um, sah ihn mit festen Augen an. „Am schlimmsten war es im Bett. Ich glaube, er hatte alles aus einem Lehrbuch. Nein, ich weiß es, er hat mir das Ding gezeigt. Sex war die korrekte Ausführung von Stellungen, und wehe, wenn seiner Meinung nach etwas nicht stimmte." Sie wandte sich wieder dem Fenster zu. „Er hat mich verletzt." Stille entstand. Dann ganz leise: „Ich hasse ihn. Ich hätte ihn gerne getötet. Man bekommt nicht alles, was man sich wünscht."

„Und Frau Marxen?"

„Die?" Sie drehte sich um. Plötzlich lachte sie. „Ich wusste, es würde ihn verrückt machen. Lesbische Liebe, seine Frau mit einer anderen Frau zusammen, das hat er sich nicht vorstellen können. Ihr Männer ... Er hielt sich für unersetzlich, der kleine Lorenz, wie alle Männer. Sie haben das Gespräch am Abend ja gehört, Sie waren doch dabei. Es hat ihn verrückt gemacht. Und Sybille ..."

Frank Falke musste tief durchatmen. „Lieben Sie sie denn nicht?" entfuhr es ihm.

„Sybille?" Plötzlich verzog sich ihr Mund zu einem Grinsen. „Ich spiele manchmal Theater, Herr Pastor." Das Grinsen wurde breiter. „Finden Sie heraus, wann." Abrupt ging sie zur Tür. „Da haben Sie Ihr Rätsel. Das wollten Sie doch. Viel Spaß!" Sie ging.

XXII.

Das Rätsel war gelöst. Die Erkenntnis war nicht plötzlich gekommen, sondern gereift in den Stunden des Vormittags. Er hatte ja genug Zeit zum Nachdenken. Nicht das Wer? oder das Wie? – die Frage, wohin der Täter verschwunden war, blieb nach wie vor ungeklärt, wenn es nicht doch Sybille Marxen war. Aber das Warum? der Tat war ihm deutlich geworden. Und er hatte sich geirrt. Frank Falke schaute sich im Zimmer um, schaute zum Fenster hinüber. Immer noch war der Himmel ein einziges graues Wolkenmeer. Es war früher Nachmittag, er hatte geschlafen – erstaunlich, dass er in all seiner Aufregung hatte schlafen können – und gegessen. Frau Boysen hatte ihm ein Mittag gekocht, freundlich und beinahe liebevoll war sie zum ihm heraufgekommen, anschließend war er erneut eingenickt. Jetzt fühlte er sich erholt, wach, bereit, Neues anzufangen. Die Kopfschmerzen ließen nach, ebenso verschwand langsam der Schmerz aus den Gliedern, die Wunden schlossen sich. Und er wusste Bescheid. Endlich war er Kommissar Wegener einen Schritt voraus, vermutlich jedenfalls. Es ging nicht um die Erbschaft, darum war es nie gegangen. Lorenz Schmidt hatte sich vor Wochen schon das Zimmer bei den Boysens besorgt, das Einzelzimmer, das war es, was ihm solange nicht eingefallen war, und wahrscheinlich hatte Schmidt auch dafür gesorgt – oder zumindest dafür plädiert, die diesjährige Dichtertagung auf Amrum stattfinden zu lassen. Zwei Fliegen mit einer Klappe zu schlagen, die Jahrestagung und die Bearbeitung des Erbfalles – vermutlich hatte Lorenz Schmidt es genau so angesehen, als sachliche Erledigung einer behördlichen Angelegenheit. Beides zusammen mit einem Urlaub zu verbinden, das passte ganz gut zu dem Bild von Enge und Sparsamkeit, das von Lorenz Schmidt inzwischen in Frank Falkes Kopf entstanden war. Aber deshalb war er nicht ermordet worden. Inzwischen war er ganz sicher: Es ging um Liebe. Lorenz Schmidt, der sachliche Beamte, unfähig zu Gefühlen, zur wirklichen

Wahrnehmung seiner Mitmenschen, und auf der anderen Seite ein Mensch oder Menschen, die ihn dennoch liebten und hassten. Ein Mensch, den er in seiner Gefühllosigkeit zutiefst verletzt haben musste. Das war es! „Und so einer traut Menschen", hatte Kattrin Engels vor einiger Zeit gesagt. Die Frage war, ob sie damit nicht ...
„Kattrin ist hier gewesen!" Sybille Marxen platzte ins Zimmer. „Was hat sie gesagt? Was hat sie Ihnen über mich erzählt?"
Frank Falke brauchte eine Schrecksekunde, bevor er antworten konnte. Dennoch, die Gelegenheit galt es beim Schopf zu packen. „Setzen Sie sich doch."
„Ich ..." Sie zögerte, wirkte trotzig, irgendwie kindlich. „Was hat Kattrin ..."
„Sind Sie eifersüchtig?" Mit welcher Leichtigkeit er indiskrete Fragen stellte, fiel ihm auf. Machte das seine neue Rolle aus?
„Auf die eifersüchtig? Hat sie das gesagt?"
„Ich hatte den Eindruck. Sie sind ihr nachgegangen am Sonntag."
Sybille Marxen starrte ihn an, ließ den Türgriff los, den sie die ganze Zeit festgehalten hatte. „Sie hat es Ihnen erzählt."
„Wollen Sie es nicht erzählen." Er lächelte überlegen. „Bevor ich mir ein falsches Bild mache."
„Das ist mir doch egal, was für ein Bild Sie sich machen." Eine Pause entstand. Sie überlegte. „Sie sind Pastor, nicht wahr? Sie erzählen es den anderen nicht, oder?" Sie wandte den Kopf zur Seite, schaute irgendwohin. „Die Polizei weiß es schon. Einer der Kellner hat mich erkannt."
„Und?"
Sie schaute ihn wieder an. „Sie halten mich für eine dumme Gans, nicht wahr? Eine alte dumme Gans, eine alte Frau mit Herzschmerz. Späte Liebe, wie in den Romanen oder in den Zeitungen in meinem Salon. Na und?" Ein Achselzucken. „Vielleicht bin ich das auch. Nein, bin ich nicht." Sie streckte sich. „Ich habe unseren Friseursalon aus einer kleinen Klitsche zum ersten Salon in der Stadt gemacht. Das macht man nicht

so nebenbei. Dazu gehört Arbeit. Ich habe zwei erwachsene Kinder. Ich habe Silberhochzeit gefeiert. Ich ... Aber seit Kattrin da ist. Die ... die treibt es gleich mit jedem. Doch mit mir kann sie das nicht machen." Wieder ein Blick in die Ferne. „Es ist so unfair."

Pause. „Na gut, am Sonntag wollte Kattrin mit Herrn Schmidt reden. Das war ja auch ... in Ordnung."

„Warum wollte Sie mit Herrn Schmidt reden?"

„Weil ... weil sie reden wollte. Sie fragen und fragen ... Sie wollte halt reden, na und? Aber da war noch mehr, ich habe das gemerkt. Und ..."

Was, fragte er sich, war der Zweck dieses Gespräches gewesen? Weder Kattrin Engels noch Sybille Marxen mochten darüber reden. Zugleich überlegte Frank Falke, ob er Sybille Marxen von Kattrins Hochzeit und Scheidung erzählen sollte. Er entschied sich dagegen. Das mussten die beiden alleine ausmachen. Immerhin war er trotz allem noch Pastor.

„... Da bin ich ihr nach. Sie hat Schmidt an diesem Seemannsfriedhof getroffen, dann sind sie essen gegangen. Wie nett sie zu ihm war. Und jetzt hat sie etwas mit Knapproth."

Frank Falke runzelte die Stirn. „Sind Sie sicher?"

„Knapproth hat irgendetwas", sie lächelte plötzlich süffisant, „das merkt man als Frau. Und mit wem, wenn nicht mit Kattrin. Kattrin ist auch so komisch." Plötzlich kamen Tränen. „So gehässig." Sie riss sich zusammen. „Aber dafür wird sie ..."

„Wie ging das am Sonntag weiter?"

„Warum fragen Sie eigentlich nicht nach gestern Nachmittag?"

„Haben Sie mich niedergeschlagen?"

„Nein, natürlich nicht."

„Natürlich ist das gar nicht. Jemand hat mich niedergeschlagen." Er sah sie an, wusste, dass es sinnlos war, weiter auf der Frage zu beharren. „Und wie ging es am Sonntag weiter?"

„Kattrin hat mich entdeckt. Weggeschickt hat sie mich, wie ein Kind. Ich bin trotzdem geblieben. So nicht! Dann ist sie mit Schmidt davongefahren und ich musste auf den Bus warten.

Als ich hier ankam, war Kattrin schon weg und Schmidt unterwegs zur Odde. Ich habe ihn gerade noch gesehen, da oben, wo der Teerdeich anfängt. Ich habe nämlich gute Augen. Immer noch."

„Und da sind Sie hinterher."

„Wären Sie das nicht? Wenn Ihre Frau sich heimlich mit einem anderen trifft? Das hatten die sich ganz schön raffiniert ausgedacht, die beiden, nachdem ich sie gesehen hatte." Ihre Stimme überschlug sich, wurde erneut weinerlich. „Sie wären da auch hinterher. So ein Heiliger sind Sie doch nicht, dass Ihnen das mit Ihrer Frau egal wäre, oder?"

Er antwortete nicht. „Und dann?"

„Ich habe ihn nicht gesehen. Irgendwann war er weg." Sie hatte sich wieder unter Kontrolle. „Es regnete. Ich bin umgedreht."

„Sie haben ihn gesehen. Und ..."

„Nein, habe ich nicht."

„Doch, Sie haben ihn gesehen ..."

„Und wenn ich sage, dass ich Kattrin gesehen habe? Bei Lorenz Schmidt? Was sagen Sie dann?"

Frank Falke war vor Überraschung einen Moment lang sprachlos. „Haben Sie sie gesehen?" fragte er endlich.

„Das würde ich nie sagen. Das würde ich ihr nicht antun. Sehen Sie, Sie wissen gar nichts. Gar nichts!" Sie schob trotzig das Kinn vor. „Mich hat keiner gesehen. Ich bin umgedreht."

„Tag, Herr Pastor." Detlef Knapproth riss die Tür auf. Das Türblatt knallte gegen Sybille Marxens Ellenbogen. „Au!" Sie warf ihm einen hasserfüllten Blick zu, verschwand stumm aus der Tür.

„Was ist denn in die gefahren? Na, erkennen Sie mich überhaupt? Oder ist der Schädel noch zu?" Seine Fröhlichkeit wirkte nicht echt.

„Mir geht es etwas besser."

Detlef Knapproth nickte, durchschritt das Zimmer, schaute aus dem Fenster. „Man kann ..." Er brach ab, verstummte.

„Wollten Sie etwas von mir?“ Detlef Knapproths Verhalten irritierte ihn.
„Nur nach Ihnen gucken. Dürfen Sie schon wieder aufstehen?“
„Nein, noch nicht. Morgen wahrscheinlich.“
„Gut ... Äh ... ich meine, das ist gut, dass Sie morgen hoch können. Besser sich heute noch ausruhen. Nach so einem Schlag.“ Eine Welle von Nervosität ging von ihm aus. „Können Sie sich eigentlich an irgendetwas erinnern von gestern?“
„Warum fragen Sie? Nein, kann ich nicht.“ Täuschte er sich oder atmete Detlef Knapproth sichtlich auf.
„Ich dachte ja nur, falls ich helfen kann. Sie brauchen ja nicht immer Hagedorn zu fragen, der kann so etwas sowieso nicht. Aber dann. Tja, ich muss weiter. Gute Besserung, bis heute Abend.“
Er ging. Frank Falke sah ihm verwundert nach. Was hatte dieser Besuch zu bedeuten? Und das seltsame Angebot, ihm zu helfen? Oder war es wirklich ernst gemeint? Andererseits passte diese Hilfsbereitschaft so ganz und gar nicht zu Detlef Knapproth. Und wie nervös er gewesen war. Vielleicht, weil er wirklich helfen wollte, obwohl es nicht zu seinem Bild passte? Frank Falke zuckte mit den Achseln, stellte zufrieden fest, dass kein Schmerz sich meldete, machte es sich im Bett gemütlich. Seine Überlegungen von vorhin ... Lorenz Schmidt und die Liebe. Überhaupt die Liebe – die beiden Frauen mit ihrer sonderbaren Beziehung, Detlef Knapproth ... Er habe etwas mit Kattrin Engels, so hatte Sybille Marxen behauptet. Vielleicht stimmte es. Es war nicht zu übersehen gewesen, wie Detlef Knapproth sich am Abend vor dem Mord um Kattrin Engels bemüht hatte. Sein ganzes Gehabe drückte Sehnsucht aus, trotzige Sehnsucht eines Mannes, dessen Zeit vorbei ist und der es nicht wahrhaben will. Allein seine auffallend unpassende Kleidung. Frank Falke hatte keinen Blick für Kleidung, aber Detlef Knapproth fiel selbst ihm auf. Ein Mann, der mit Gewalt jung sein wollte und damit seine Chance verspielte, jung zu sein.

Die Liebe ... Kattrin Engels und die Liebe. Ihr Hass auf Lorenz Schmidt, nach wie vor lebendig und brodelnd. Eine seltsame Verbindung die beiden, Lorenz Schmidt und sie. Jetzt war sie mit Sybille Marxen zusammen, und auch diese Verbindung konnte er sich kaum vorstellen. Was lag in ihr, solche Partner, Partnerinnen zu suchen? Welche Geschichte und welche Sehnsüchte prägten sie?
Sybille Marxen und die Liebe, die Partnerin von Kattrin Engels, falls dieses Wort noch zutraf. Eine gestandene Frau im Strudel ihrer Gefühle. Hilflos wie ein Teenager, die Liebe als ungebetener Fluch, der einem den Boden raubte, verletzlich machte, wo man sich stark gefühlt hatte, eifersüchtig, unvernünftig und ...
Noch jemand fiel ihm ein: Jessica. Auch Jessica war verliebt, so hatte sie ihm erzählt. Die unschuldig erste Liebe ihres Lebens. Auch Jessica strahlte Sehnsucht aus, Sehnsucht nach mehr, das Gefühl, bisher im Leben nicht genug bekommen zu haben und endlich das zu finden, wonach sie ihr kurzes Leben lang schon auf der Suche war. Vermutlich hatte Jessica wirklich nicht genug Liebe erfahren, alle äußeren Zeichen deuteten darauf hin. Jetzt war sie verliebt in einen Jungen, nein, kein Junge, so hatte sie betont, eher ein Mann, jedenfalls in Jessicas Augen, einer, der schon Geld verdiente, der ihr etwas schenken konnte, selbst etwas Teueres, ein Mann ...
Die Erkenntnis traf ihm wie ein Schlag. Es war entsetzlich ... widerwärtig ... Er konnte es nicht glauben und doch musste es so sein. Alles passte zusammen. Frank Falke spürte seine Erregung. Das Eis fiel ihm wieder ein. In jeder Hand ein Eis. Eines für sich und das andere ... Und die Begegnung beim Essen bei Hüttmanns ...
Auf einmal wusste er, wer Lorenz Schmidt ermordet hatte und warum. Und noch etwas spürte er: grenzenlose Gefahr. Es ging um Leben und Tod. Er begann zu überlegen.

XXIII.

Er hatte genug überlegt. Er spürte, wie seine Hände vor Aufregung zitterten, sein ganzer Körper bebte. Mit aller Entschlossenheit, zu der er fähig war, öffnete Ingmar Hagedorn die Pforte zum Vorgarten der Pension Deichkrone, durchquerte Beete und Hortensienbüsche, ging zur Haustür. Es war bereits kurz vor fünf.

Es musste sein. Es hatte lange genug gedauert, diese Heimlichkeit, dieses Versteckspiel. Irgendwie war er froh, dass alles herauskam. Es war egal, was danach passieren würde ... nur eines durfte keinesfalls geschehen: ein zweiter Mord! Deshalb ...

Er öffnete die Haustür, eilte zur Treppe, erklomm die Treppenstufen.

„Halt!“ Unten im Flur stand Frauke Boysen. „Der Pastor braucht Ruhe. Das ist ja wie im Taubenschlag.“

Woher wusste sie, dass er zum Pastor wollte? Er blieb stehen. Plötzlich fiel ihm Babette ein. Jene tragischen Minuten ihres Sterbens, die ihn seitdem nie wieder verlassen hatten, jene Ereignisse, die ihn zum Dichter gemacht hatten – und zum ... In ihm schrie es. Nicht noch einmal! Nie wieder! Dieses Zögern, dieses Gehorchen ... Er lief weiter.

„Ich hatte doch gesagt ...“

Er riss die Zimmertür des Pastors auf. „Oh, Entschuldigung!“

Pastor Falke stand neben dem Bett, war dabei sich anzuziehen, zog sich gerade das Hemd über den Kopf.

„Was gibt es?“

Er bemerkte den fragenden Blick des Pastors.

„Ein Mord! Gleich“, er spürte seine Atemlosigkeit, „wenn wir nicht zu spät kommen. Sie müssen mir helfen.“

„Ein Mord?“ Seltsamerweise wirkte der Pastor kaum überrascht. „Wer?“

„Ich weiß es nicht. Detlef Knapproth.“

„Detlef Knapproth soll ermordet werden?“ Nun wirkte er doch verblüfft.

„Nein, es ist wegen des Alibis. Er brauchte wieder eins. Heute, jetzt. Und da ..."
„Setzen Sie sich ..."
„Nein. Wir müssen ..."
„Setzen Sie sich und erzählen Sie." Frank Falkes ruhige Stimme beförderte ihn sanft in den Sessel. „Was ist los?"
„Ja." Er setzte sich, bemerkte erneut seine zitternden Hände. „Es ist wegen des Alibis. Am Mordtag ... als ... ich ... Herr Knapproth hat mich gezwungen, für ihn auszusagen. Ich musste sagen, dass ich ihn am Nachmittag in der Fußgängerzone gesehen habe. Dabei habe ich doch ..."
„Wie hat er Sie gezwungen?"
„Er hat gesagt, sonst zeigt er mich an wegen Diebstahls geistigem Eigentums. Dass ich in meinen Gedichten abgeschrieben hätte."
„Haben Sie?"
„Nein. Ich weiß nicht. Nein. Meine Gedichte waren doch alle wegen Babette. Weil Sie tot ist und ich schuld bin. Deshalb."
„Trotzdem haben Sie ..."
„Er hat gesagt, man findet immer etwas, wenn man lange genug sucht. Und dass er garantiert was bei mir finden würde. Und dass ich mir denken könnte, was das für mich bedeutet. Das hat er gesagt. Da habe ich ..."
„Ich verstehe." Frank Falke nickte. „Das war also das Alibi. Und heute ..."
„Heute wollte er wieder ein Alibi. Ich soll sagen, dass ich mit ihm um fünf Uhr in Nebel war. Ich wollte nicht, aber nachdem ich schon einmal ... Ich habe Ja gesagt und ich war auch schon auf dem Weg nach Nebel, damit das besser aussieht mit dem Alibi, aber ... So, wie er geguckt hat, so entschlossen, habe ich Angst bekommen. Ich will nicht, dass noch einer stirbt. Nicht noch einer. Ich glaube, er will jemand umbringen."
„Und ich weiß auch wen."
Ingmar Hagedorn schüttelte verwirrt den Kopf. „Wissen Sie das?"

Frank Falke nickte, sah auf die Uhr. „Fünf vor fünf. Gleich ist es soweit. Und wo?"
„Ich weiß nicht."
„Nicht die geringste Ahnung?"
„Nein. Jedenfalls ... wohl nicht in Nebel, oder?" Es dauerte alles so lange. Begriff der Pastor denn nicht, dass es eilig war. Sie mussten los, mussten etwas tun, aber ... was? Wohin?
„Hmm ..." Ingmar Hagedorn versuchte angestrengt nachzudenken. Seine Hände zitterten noch mehr als vorher. Außerdem musste er dem Pastor noch etwas sagen. Das Wichtigste. Der aber schaute inzwischen aus dem Fenster.
„Ich ..." Er brach ab. Warum war es so schwer?
Er warf ebenfalls einen Blick aus dem Fenster. Der graue Himmel lockerte ein wenig auf. In der Ferne glänzte das Meer. Und davor ...
„Da ist ja das Seehospiz." Das Haus war unwichtig. Herr Boysen hatte davon erzählt, das war alles. „Von meinem Fenster aus kann man es nicht sehen."
„Das ist es!" Frank Falke schrie. „Das ist es! Kommen Sie, schnell, wir müssen dahin. Schnell!"
Er stürmte aus dem Zimmer, blieb am Treppenabsatz stehen, fasste sich mit der Hand an den Kopf. „Aaahh!"
„Ihr Kopf?"
Frank Falke nickte kurz. „Wir müssen weiter."
„Im Garten sind unsere Fahrräder."
Sie eilten aus dem Haus, an der verblüfften Frau Boysen vorbei, die vor Sprachlosigkeit kein Wort herausbrachte. Erst als sie das Haus schon verlassen hatten, hörten sie hinter sich ein entsetztes: „Aber Pastor Falke", und dann: „Herr Hagedorn, ich habe Ihnen doch gesagt ..."
Sie liefen zu den Fahrrädern, die im Fahrradständer vor dem Haus standen. Gott sei Dank waren sie unverschlossen.
„Wie lange wir wohl bis zum Haus brauchen?"
„Sechseinhalb Minuten."
Frank Falke sah ihn überrascht an. „Wieso wissen Sie das?"

Es war ihm so herausgerutscht. „Tut mir Leid. Ich bin Buchhalter, das sagte ich doch. Und da ..." Sie schoben die Fahrräder zur Pforte. „Ich habe es halt errechnet."
Sie fuhren los, fuhren, so schnell sie konnten. Er spürte, dass der Pastor Mühe hatte mitzuhalten. Dann hatten sie das Seehospiz erreicht. Ingmar Hagedorn hielt an, suchte einen Fahrradständer, sah sich nach Frank Falke um, der in wenigen Metern Abstand folgte. Frank Falke stoppte, ließ das Fahrrad in den Sand fallen, hielt sich mühsam auf den Beinen, griff mit der Hand nach dem Kopf. Die Gehirnerschütterung, fuhr es Ingmar Hagedorn durch den Kopf. Instinktiv hatte er ein schlechtes Gewissen. „Und nun?"
Sie gingen gemeinsam das Haus ab. Ein Klotz aus grauem Holz, eine Ruine, irgendwie unheimlich. Die Fenster waren vernagelt, die Türen verschlossen. Vielleicht war doch alles falscher Alarm gewesen? Und er war sich so sicher gewesen. Aber ... Frank Falke rüttelte weiter an Fenstern und Türen. Von drinnen drang kein Geräusch nach außen. Ingmar Hagedorn sah ihn fragend an, ging weiter, nahm sich die nächste Tür vor. Die Tür ließ sich einen Spalt öffnen, dann blockierte sie. „Hier vielleicht?"
Der Pastor kam. Sie zogen gemeinsam. Die Tür öffnete sich ein weiteres Stück, dann sprang sie mit einem Ruck unter rostigem Quietschen auf.
Innen ... Er wusste nicht, wo er hinsehen sollte. Auf dem verstaubten Holzfußboden saß die Enkelin von Frau Boysen. Ihre Hände waren auf dem Rücken gefesselt, ihre Bluse war brutal aufgerissen worden, gab den Blick auf BH und Brüste frei. Gewalt war spürbar, sichtbar, Todesnähe – und ein perverses Gefühl von Lust. Jessica war geschlagen worden, das sah man. Ihre rechte Wange war blutunterlaufen, das Haar wirr und verworren, die Schminke verlaufen. Sie blickte ihn panisch an, sprachlos, nicht begreifend. Neben ihr stand Detlef Knapproth. In der Hand hielt er einen Knüppel. Das höhnische Grinsen, das eben noch auf seinem Gesicht gelegen hatte, verflog, wich

der Fassungslosigkeit, dem absurden Gefühl, ertappt worden zu sein. Ingmar Hagedorn sah Jessica, die wie erstarrt war, die schreien wollte und es nicht konnte, die nicht einmal an ihren Fesseln zerrte. Er konnte es nicht mit ansehen, wandte sich ab. Plötzlich bemerkte er, wie der Pastor voranstürmte. Fassungslos vor Wut, begann Frank Falke auf Detlef Knapproth einzuschlagen, der in seiner Überraschung sogar den Knüppel fallen ließ. Wie ein Verrückter schlug der Pastor zu. Detlef Knapproth hielt sich den Bauch, knickte ein, fiel zu Boden. Der Pastor ...
„Halt, Herr Pastor, das dürfen Sie nicht!"

XXIV.

„Das durfte er dir nicht antun, mein Deern. Niemand darf dir so etwas tun." Frauke Boysen saß an Jessicas Bett. Der Arzt war da gewesen, hatte sie untersucht, ihr eine Beruhigungsspritze gegeben. Jessica sah die Oma aus müden Augen an.
„Was hast du dir bloß dabei gedacht, mein Deern. Mit so einem. Gab das keine netten Jungs ..."
Was rede ich, dachte sie. Sie wusste genau, worum es ging. Um Liebe, um Eltern – um Eltern, die in ihren Augen keine Eltern waren, Maike und Uwe. Maike, ihre Tochter, hatte sie ihr das beigebracht, keine Mutter zu sein? Scham überkam sie. Und sie selbst? Wie wütend war sie oft auf Jessica gewesen, Jessica, die immer weg war, die nie etwas sagte und die sich so nach Liebe sehnte. Jessica mit ihren dreizehn Jahren und ein Mann über fünfzig – helle Empörung stieg erneut in ihr auf. Wie hatte dieser Mann es wagen können, ihre Enkelin anzufassen! Dabei brauchte Jessica doch einen Vater ... einen Vater! Und jetzt – fast hätte dieser Mann sie umgebracht. Wenn Herr Hagedorn nicht gewesen wäre, alle Achtung, und der Pastor. Wenn die beiden etwas später gekommen wären, dann ... Gott sei Dank, dass die Polizei Knapproth verhaftet hatte. Der würde keine kleinen Mädchen mehr anrühren!

Sie streichelte ihrer Enkelin sanft über die Wange. Tränen zeigten sich in Jessicas Gesicht. Schließlich versiegten die Tränen, Frauke Boysen erhob sich. „Schlaf gut, Jessica. Meine Enkelin, du."
Jessica nickte, drehte sich müde auf die Seite, kuschelte sich ins Bett. Wie klein sie doch war! So jung, so unschuldig. Frauke Boysen verharrte, sprach ein stilles Gebet. Dann zog sie die Gardine zu und verließ das Zimmer.
„Ich kann das alles nicht begreifen", hörte sie von unten herauf. Die Haustür klappte, die Dichter kamen ins Haus. Morgen würden sie abreisen. „Wollen wir nicht noch einmal zum Pastor rauf? Guten Abend, Frau Boysen."
„Guten Abend." Sie wollte protestieren, darauf hinweisen, dass der Pastor Ruhe brauchte, unterließ es. Auch sie hätte gern noch einmal mit dem Pastor geredet. So ganz hatte sie die Geschichte auch noch nicht verstanden. Nach all der Aufregung hatte sich der Pastor wieder ins Bett gelegt, aber nicht ohne zu betonen, dass Besuch willkommen sei. Eigentlich sollte auch er morgen abreisen.
Sie holten Stühle aus ihren Zimmern, klopften vorsichtig an Frank Falkes Zimmertür. Ein gedämpftes „Herein!" erklang.
„Oh, Sie alle." Frank Falke sah sie überrascht an, erschöpft und doch glücklich. „Kommen Sie, das ist lieb. Ah, Sie haben sich Stühle mitgebracht."
Sie gruppierten sich ums Bett, setzten sich. Frank Falke richtete sich im Bett auf.
„Nun erzählen Sie doch!"
„Ich verstehe das Ganze nicht. Knapproth wollte ihre Enkelin umbringen?"
„Wollen Sie nicht erzählen, Herr Hagedorn?" Der aber schüttelte den Kopf. „Jessica hat doch Pastor Falke die Geschichte erzählt. Ich habe nur ..." Ingmar Hagedorn schaute schuldbewusst zu Boden. „Ich habe die Polizei geholt."
„Sie waren mutig." Frank Falke sah ihn an, wandte sich an die Runde. „Ich weiß nicht, ob ich ... Andererseits, Sie erfahren es

ja doch. Es begann alles am Sonntag. Detlef Knapproth muss Jessica irgendwo getroffen haben, ich denke in der Fußgängerzone. Ich habe ihn nämlich gegen elf dort gesehen, mit zwei Eistüten in der Hand."
„In einer Hand?"
„Zwei Eistüten?"
„Ja, genau ... Nein, nicht in einer Hand. In jeder Hand eine. Und irgendwie habe ich immer darüber nachgedacht, für wen wohl das andere Eis bestimmt war. Aber ich habe nicht wirklich nachgedacht. Sonst ...", er biss die Zähne zusammen, „sonst wäre das alles nicht geschehen. Wenn ich wacher gewesen wäre. Doch so ... Jedenfalls hat er Jessica getroffen, Jessica, die Sie ja alle gesehen haben, die auf der Suche nach einem Jungen war. Vielleicht ist sie auf der Fußgängerzone immer auf und ab gegangen, das wollte sie nicht sagen. Und da war Detlef Knapproth, wie verrückt nach einem sexuellen Abenteuer, so denke ich mir. Er wollte sich wohl beweisen, dass er noch ein Mann ist, jung ist, ein junger Mann, irgendwas in der Art. Dann war da Jessica ..."
„Habe ich dir das nicht gesagt?" Kattrin Engels unterbrach ihn. Sie sah ihre Freundin an. „Dem war das doch egal, mit wem. Hauptsache ein Rock."
„Vielleicht war es ihm nicht egal. Ein junges Mädchen. Und Jessica war beeindruckt von ihm. Nein, mehr als das, ein erwachsener Mann, der sie mochte, begehrte, ernst nahm als Frau ... Sie haben sich jedenfalls für den Nachmittag verabredet. Ab da begann alles schiefzugehen. Denn am Nachmittag geschah der Mord. Sie hatten übrigens Recht, Frau Marxen. Detlef Knapproth hatte etwas angefangen. Aber nicht mit ..."
„Mit wem?"
„Ist doch egal, Kattrin."
„Du hast doch nicht etwa geglaubt, dass ich mit ..."
Am Sonntag Nachmittag ... Frauke Boysen schluckte, da hatte sie Wäsche gewaschen ... und sich geärgert über die Sachen, die Jessica trug, und dass Jessica wieder verschwunden war

und dass sie wieder nicht Bescheid gesagt hatte. Sie hatte mit Jessica reden wollen, über Anstand und über das, was sich gehörte ... Stattdessen ... Warum habe ich nicht besser aufgepasst, dachte sie.

„Am Nachmittag geschah der Mord. Da war er mit Jessica irgendwo in Richtung Nebel in den Dünen. Zum Glück für Jessica begann es zu regnen. Sonst ... Sie haben sich dann getrennt, denn an ihr selbst hatte er ja kaum Interesse. Er ist wohl tatsächlich noch durch die Kneipen gezogen, bevor er hier ankam. Hier hat er dann von dem Mord erfahren und sofort reagiert. Als Lehrer wusste er, was auf Unzucht mit Minderjährigen steht. Und durch den Mord war er gezwungen anzugeben, wo er gewesen war. Das konnte er nicht. Wobei", Frank Falke lächelte, „er sicher überreagiert hat. Er hätte sich irgendetwas ausdenken können, aber er wollte auf Nummer sicher gehen. Er hat Herrn Hagedorn ..."

„Er hat mir ein Alibi abgezwungen. Ich musste sagen, dass ich ihn gesehen habe. Um Viertel nach drei in der Fußgängerzone. Er wollte mich sonst anzeigen wegen ..."

„Sie sind ein Feigling."

„Ich ..."

„Jedenfalls hat Herr Hagedorn ihm das Alibi geliefert. Das Alibi, das Ihnen allen gleich so verdächtig vorkam. Danach ..."

„Und Dr. Schneiber?"

„Ach ja."

„Na, der wird jetzt zufrieden sein."

„Ich verstehe nicht, Frau Marxen."

„Das ist etwas anderes." Kattrin Engels schüttelte den Kopf. „Das gehört nicht hierher."

„Jessica und Detlef Knapproth haben sich dann wieder getroffen. Ich vermute, er fühlte sich mit dem falschen Alibi einigermaßen sicher. Vielleicht hat Jessica ihn auch gedrängt. Aber ich glaube nicht, dass man ihn drängen musste. Zu dem Zeitpunkt noch nicht. Er hat ihr dann einen Ring geschenkt. Den hat sie mir vor ein paar Tagen gezeigt."

„Das haben Sie mir nicht gesagt."
„Sie hatte mich darum gebeten, Frau Boysen. Und ich bin Pastor. Verschwiegenheit ..." Er nickte ernst. „Wenn ich allerdings geahnt hätte, was das bedeutete, aber ... ich habe es nicht begriffen. Nun ja, nach dem Ring", Frank Falke nahm den Gesprächsfaden wieder auf, „hat sie sich eine Karte für ihr Handy gewünscht. Ihre war nämlich abgelaufen. Da hat er plötzlich Gefahr gewittert. Ich denke, er hatte Angst und wohl zu Recht, dass Jessica all ihren Freundinnen von ihm erzählen würde. Jedenfalls hat er ihr die Karte nicht gekauft. Vorhin, als er verhaftet wurde, hatte er übrigens eine dabei. Der Kommissar hat es mir erzählt. Ich nehme an, dass er Jessicas Freundinnen eine SMS schicken wollte. So in der Art: *Bin von Oma abgehauen. Sucht mich nicht.* Die Telefonnummern waren ja gespeichert. Und Jessica hatte ihr Handy nicht gesichert, das wusste er."
Ein Teufel, dachte Frauke Boysen. Das mit dieser modernen Telefoniererei verstand sie zwar nicht, das war alles modernes Chinesisch. Aber soviel war ihr klar: Alle sollten denken, dass Jessica von ihr weggelaufen war. Ein Teufel. In Wirklichkeit dagegen ...
„Vielleicht hat sie da schon begriffen, als sie die Karte nicht bekam, dass etwas nicht stimmt. Obwohl, ich glaube nicht. Ich glaube, sie war richtig verliebt, auch dann noch. Sie haben sich wieder verabredet. Am Quermarkenfeuer. Dass er sich die Verabredung aufgeschrieben hat, es muss nämlich seine eigene Notiz gewesen sein, war sein großer Fehler und", Frank Falke lachte kurz, „hat mir ziemliche Kopfschmerzen eingebracht. Die beiden waren in einem der Dünentäler und er wollte mit ihr ..." Frauke Boysen nahm wahr, wie der Pastor sie anschaute, zögerte. Für wen hält er mich, dachte sie plötzlich empört. Sie war weder zu altmodisch noch zu alt, um zu verstehen, worum es ging. „... Auf jeden Fall ist es wieder nicht dazu gekommen, weil ich auftauchte. Danach war Jessica klar, dass sie Macht über ihn hatte. Und Detlef Knapproth wurde klar, dass er Jes-

sica los werden musste. Den Rest kennen Sie. Er wollte sie vergewaltigen, dann ermorden."
„Wenn Sie nicht gewesen wären!"
„Nicht ich, Herr Hagedorn."
„Aber nein." Ingmar Hagedorn schaute zu Boden. „Nein."
„Eins verstehe ich nicht. Der Mord an Lorenz Schmidt ..."
Frank Falke schüttelte den Kopf. „Ja. Ich habe es auch zuerst gedacht. Aber es ist nicht so. Detlef Knapproth hat Lorenz Schmidt nicht umgebracht. Ganz sicher. Er hat tatsächlich ein Alibi. Ein bombensicheres: Jessica."
„Aber dann ..." Betroffenheit machte sich in der Runde breit.
„Ja genau." Frank Falke sah alle der Reihe nach an. „Der Mörder von Lorenz Schmidt muss ..."
„Nun reicht es aber für heute Abend." Frauke Boysen erhob sich. Sie hatte genug von Mord und Totschlag, von all diesen schrecklichen Dingen, die auf einmal in ihr Haus geflutet waren. Sie spürte, wie müde sie war. Jessica lebte, das war das Wichtigste. Der Mord an dem Herrn Schmidt ging sie nichts an. Jedenfalls ... nicht heute ... nicht heute Abend. „Der Pastor braucht Ruhe. Gehen wir!"
Die Runde erhob sich gehorsam. Nacheinander verließen die Gäste das Zimmer. Schließlich war sie mit dem Pastor allein.
„Vielen Dank, Pastor Falke! Das werde ich Ihnen nie vergessen." Plötzlich standen ihr Tränen in den Augen. Sie drehte sich abrupt um, knallte die Tür hinter sich zu, sah noch sein verblüfftes Gesicht.
Auf der Treppe blieb sie stehen, hielt sich mit schweren Händen am Geländer fest. Langsam versiegten die Tränen, sie atmete tief durch. Morgen würden alle Gäste das Haus verlassen. Der Spuk würde zu Ende sein. Und mit Jessica ... Liebe, das war es, was das Mädchen brauchte. Sie hatte da eine Idee. Sie würde mit Maike und Uwe reden. Die beiden mussten ihr einfach zuhören.
Sie ging die Treppe hinunter. Morgen gingen die Gäste ... und übermorgen würden die nächsten Gäste kommen. So war es

immer gewesen. Den ganzen Sommer durch, den Herbst ... Die Nächsten würden kommen, dann wieder die Nächsten, dann ... Aber diesmal war ein Mörder im Haus!
Sie öffnete die Küchentür, sah Okke auf der Bank am Küchentisch hocken.
„Wo bist du schon wieder gewesen, Okke? Hast du wieder geraucht? Wie oft habe ich dir schon gesagt, mein Okke, wenn du so weiter machst ... Na ja, an einem Tag wie heute, aber das mit dem Rauchen, Okke, das ..."

XXV.

„Das dürfen Sie nicht." Frank Falke deutete auf die kleine Tafel an der Metallwand des Schiffes. „Das hat er zu mir gesagt. So habe ich Lorenz Schmidt kennengelernt."
„Ich auch." Ingmar Hagedorn nickte, blickte zur Tafel. *Möwen füttern verboten,* stand dort zu lesen.
Sie befanden sich auf der Fähre. Frank Falke hatte sich auf den Rückweg begeben, gegen den ärztlichen Rat, der ihm noch ein, zwei Tage Bettruhe empfahl, gegen das Angebot von Frau Boysen, ihm noch für weitere Tage das Zimmer zu reservieren. Er war unzufrieden, glücklich, stolz, verärgert, irgendetwas davon und alles zugleich.
Es war Nachmittag. Am Vormittag waren noch alle bei der Polizei gewesen, Sybille Marxen, weil sie noch einmal zu ihrem Spaziergang an der Odde befragt wurde, er selbst und Ingmar Hagedorn, um Auskunft über die Geschehnisse des gestrigen Nachmittags zu geben. Detlef Knapproth, so hatte er allerdings erfahren, war schon am Abend zuvor aufs Festland gebracht worden.
Frank Falke war froh, die Insel zu verlassen, und zugleich unglücklich darüber. Er sehnte sich nach Hause, nach seiner kleinen Welt in Klein Hasenberg, nach seiner Gemeinde, die er kannte und überschaute. Übermorgen würde er wieder Gottes-

dienst halten. Vermutlich würden nur wenige in der Kirche sein, anders als auf der Insel. Aber es war sein zu Hause.
„Ich gehe noch ein bisschen umher."
Ingmar Hagedorn nickte, spürte wohl, dass er allein sein wollte. Frank Falke ging das Oberdeck entlang, die Treppe hinunter, durchquerte das Restaurant, sah Sybille Marxen und Kattrin Engels an einem der Tische sitzen, begab sich zur nächsten Treppe, ging hinunter, schlängelte sich an parkenden Autos vorbei. Schließlich stand er an der Heckklappe der Fähre, sah in das von den Schrauben aufgewühlte Wasser. Die Sonne schien, ein schöner Tag, fast zu schade für einen Abschied. In einiger Entfernung segelten Möwen elegant über das Wasser.
Zurück nach Hause ... Vor knapp einer Woche war er auf die Insel gefahren, um Urlaub zu machen, außer Dienst zu sein, kein Pastor, kein Amt, das er mit sich trug. Einen Tag später hatte er den toten Lorenz Schmidt gefunden. Und er hatte sich, wenige Meter vom Leichnam entfernt sitzend, vorgenommen, sich diesmal der Herausforderung zu stellen. Er hatte sich bemüht, erst zaghaft, dann intensiver. Er war niedergeschlagen worden und er hatte etwas herausgefunden. Aber den Mörder hatte er nicht ausfindig machen können. Das war die eine Seite der Medaille.
Er hatte nicht mit dem Täter gesprochen, ihn nicht benennen können, das war die andere Seite. Die Polizei würde den Täter finden, nicht er, Frank Falke, Pastor von Beruf, der sich niemals nach der Begegnung mit all diesen Schrecken gesehnt hatte. Er würde nach Hause fahren und Pastor sein. Ein für alle Mal vermutlich.
Er begann auf und ab zu laufen, immer an der Reling entlang, vorbei an Trossen und Pollern. War es nicht das, wonach er sich gesehnt hatte? Frieden zu finden. Er blieb stehen, zuckte unbewusst mit der Schulter. Natürlich, aber ... In wenigen Stunden würde er wieder zu Hause sein.
Er sah auf die Uhr, Viertel nach drei. Genauso gut konnte er auch ins Restaurant gehen und den beiden Frauen Gesellschaft

leisten oder Ingmar Hagedorn. Langsam entfernte er sich vom brodelnden Wasser, das er so liebte, passierte eine mannshohe Schiffsluke, aus der penetranter Dieselgeruch entströmte, begab sich wieder auf den Weg nach oben. Viertel nach drei, bis zur Ankunft in Dagebüll würde noch einige Zeit vergehen.
Viertel nach drei, der Zeitpunkt des Mordes. Da war doch etwas gewesen? Ach ja, das Alibi des Detlef Knapproth. Es war ihm gleich aufgefallen, als er die Uhrzeit gehört hatte. Vermutlich neigte man beim Lügen zu allzu großer Genauigkeit. Viertel nach drei war der Mord geschehen, also besorgte man sich ein Alibi für Viertel nach drei. Aber ... er selbst war doch erst kurz vor vier beim Leichnam angekommen. Und er hatte keine Ahnung gehabt, wann Lorenz Schmidt wirklich gestorben war. Und die Polizei ... Frank Falke spürte auf einmal seine innere Erregung ... Er selbst hatte doch erst am nächsten Tag den Zeitpunkt des Todes erfahren! Natürlich ... der Mörder wusste den Zeitpunkt des Todes. Detlef Knapproth ... war jedoch nicht der Mörder. Die Erkenntnis überkam ihn wie ein Schock. Aber dann ...!
Frank Falke nahm seine Beine in die Hand. Er rannte die Treppe hinauf. Er durchquerte das Restaurant. Da waren die beiden Frauen. Er ging an ihnen vorbei. Er stürmte die Treppe zum Oberdeck hinauf. Es gab keinen vernünftigen Grund für diese Eile. Aber ...
Sie standen wieder nebeneinander. „Das dürfen Sie nicht." Frank Falke zeigte noch einmal auf die kleine blaue Verbotstafel. „Wann hat Lorenz Schmidt das zu Ihnen gesagt?"
Ingmar Hagedorn sah ihn fest an. „In Portugal." Traurigkeit war in seinen Augen.
„Sie haben ihn umgebracht."
„Ja." Er zögerte. „Danke, dass Sie fragen. Ich konnte ... ich wollte ... ich wollte es schon längst sagen. Gestern auch. Doch ... ich konnte nicht."
„Wollen Sie mir nicht die ganze Geschichte erzählen?"
Ingmar Hagedorn nickte langsam. „Ja."

Sie sahen hinaus aufs Wasser. Frank Falke wartete. „Vor acht Jahren ... Ich ... ich habe Ihnen doch schon erzählt, dass Babette Allergikerin war. Wir saßen in einem Straßencafé an der Algarve. In Fuzeta. Kennen Sie Portugal?"
„Nein."
„Na dann." Er zögerte, stoppte. „Jedenfalls wurde Babette von einer Wespe gestochen. Und wir hatten das Antidot im Auto vergessen." Er blickte Frank Falke flehend an. „Wir passten immer auf. Aber an diesem Tag ... Ich bin dann so schnell ich konnte zum Auto gelaufen. Habe die Autotür aufgerissen, mich ins Auto geworfen und die Spritze gesucht. Ich fand sie auch gleich. Und da ..."
„Ja?"
„Jemand wollte ausparken. Ein Deutscher. Er kam an meiner offenen Autotür nicht vorbei. Er hat mich angebrüllt. »Das dürfen Sie nicht!« hat er geschrien. »Das ist verkehrswidrig.« Und noch mehr in der Art. Und dann ..."
„Ja?"
„Mir ist vor Schreck die Spritze heruntergefallen. Sie ist unter das Auto gekullert. Und", er zögerte, „ich habe die Autotür zugemacht. Der andere ist dann weggefahren. Ich hatte ihn kaum gesehen. Ich wusste nicht, wer er war. Nachdem er weg war, habe ich die Spritze gesucht und bin zu Babette zurückgelaufen. Aber da ..." Ingmar Hagedorn blickte ins Leere. Die Zeit dehnte sich, er zögerte. „... da war Babette schon tot. Bei diesen Allergien ... geht es um wenige Minuten. Das glaubt man nicht. Ich wusste das. Und ich habe die Autotür zugemacht. Und die Spritze ist mir heruntergefallen. Und Babette war tot."
„War dieser Autofahrer Lorenz Schmidt?"
„Das wusste ich nicht. Wirklich nicht. Ich hatte ihn ja kaum gesehen. Aber am Sonntag ... bin ich spazieren gegangen. Um die Odde, so wie Sie auch. Als ich oben an der Spitze war, musste ich mal. Aber wohin? Alle können einen sehen. Deshalb wollte ich über den Zaun steigen. Ins Vogelschutzgebiet. Dort stehen Schilder, wissen Sie, wo drauf steht, dass man das nicht

darf. Und wie ich gerade über den Zaun steigen will, höre ich hinter mir eine Stimme: »Das dürfen Sie nicht!« Da habe ich die Stimme erkannt. Und einen Stein genommen und zugeschlagen." Frank Falke wurde gewahr, dass Ingmar Hagedorns Gesicht eine Art von Begeisterung zeigte. „Zugeschlagen, so fest ich konnte. Nur einmal, aber es hat gereicht. Dann war er tot. Und es war wirklich seine Stimme. Wirklich. Es war nicht der Falsche."

Sie schwiegen. „Und danach?"

„Ich war wie von Sinnen. Da lag dieser Zettel neben ihm. Ich habe ihm das Blut abgewischt, aber er war schon tot. Dann bin ich über den Zaun, ich musste doch immer noch. Ich bin ein Stück in die Dünen und danach bin ich liegengeblieben. Ich war wie betäubt. Ich glaube, ich habe da länger als eine halbe Stunde gelegen. Plötzlich kam Frau Marxen. Ich konnte sie sehen. Sie hat ..." Er brach ab. „Muss ich das sagen?"

„Sie müssen gar nichts sagen. Nein."

„Danach bin ich weg. Über die Dünen. Ganz langsam. Ich wollte mich stellen. Ehrlich." Wieder dieser flehende Blick. „Ganz ehrlich. Aber als ich zurück kam, waren Sie schon da und Knapproth presste mir das Alibi ab. Da wurde mir klar, dass ich damit auch ein Alibi hatte. Außerdem die Geschichte mit Ihrem Unbekannten. Ich habe das nicht verstanden. Und nichts gesagt." Er sah Frank Falke an. „So war das."

Sie blickten wieder aufs Meer. Frank Falke wurde gewahr, dass Ingmar Hagedorn weinte. Irgendwo auf dem Schiff lachte ein Kind. Eine Windbö beförderte eine Plastiktüte ins Meer, die sich langsam voll Wasser füllte. Eigentlich sollten hier keine Plastiktüten herumfliegen.

„Es war", Ingmar Hagedorn stockte, nahm erneut Anlauf, „es war, als ob in einem Moment des Lebens der ganze Boden verschwindet. Alles, worauf man gestanden hat. In einer Sekunde. Einen Menschen zu töten ... Wie bei diesem Sand, wie heißt der, *Treibsand.* Man steht da, sackt plötzlich ein und kommt nie wieder raus." Er sah Frank Falke an. „Kennen Sie das?"

„Nein." Plötzlich musste er an das gestrige Erlebnis mit Detlef Knapproth denken, als er wie ein Verrückter und völlig von Sinnen auf ihn eingeschlagen hatte. Er hatte es nicht ertragen können, dieses wehrlose Mädchen und dieser ... „Doch, das kenne ich auch."

„Aber nicht so wie ich."

„Nein. Was werden Sie jetzt tun?"

„Ich werde mich stellen. Ich ... ich wollte das schon lange ... Man ist so feige. Ich bin froh, dass es vorbei ist."

Frank Falke sah ihn an, wandte den Blick ab, sah in die aufgewühlten Fluten. Konnte er das Gleiche sagen? Wann würde die nächste Leiche, das nächste Mordopfer seinen Weg kreuzen? In der Ferne tauchte das Festland auf.

ENDE

(auf S. 28 Verwendung einer Gedicht-Strophe aus »*Worte*« von Karl Krolow)

»Tod in den Lofoten« von Bernd Lohse –

Der Norwegen-Krimi

2. Auflage 2001, ISBN 3-8048-4461-8

Mit dem Krimi von Pastor Bernd Lohse aus Hamburg erleben Sie den literarischen Polar-Sommer hautnah: in den Lofoten. Dorthin flieht die Studentin Ellen vor den sexuellen Erniedrigungen ihres gewalttätigen Freundes. Doch er folgt ihr. Nach einem dramatischen »Showdown« sieht sie ihn das letzte Mal.

»Die Sympathien des Autors gehören durchweg seinen weiblichen Figuren, die alle eine große Portion Sexyness mit viel mentaler Kraft zu verbinden wissen; schlecht weg kommen Machos. Geradezu genüsslich werden die Szenen ausgemalt, in denen sich der selbstgefällige Schürzenjäger Abfuhren bei einer norwegischen Barkeeperin und bei zwei Lesben in einer Hotelsauna holt.« *(Lexikon der Kriminalliteratur)*